Sounds Of Silence

Book Two

Kitty Black

Impressum

Die Autorenflüsterin
Dr. Barbara Prill
Sandhöhe 8A
21435 Stelle
www.dieautorenfluesterin.de
Texte: Copyright Kitty Black
Cover: Edition Autorenflüsterin unter Verwendung der Bildlizenzen von Shutterstock.com
Lektorat: Edition Autorenflüsterin

Das Werk, einschließlich seiner Teile, ist urheberrechtlich geschützt. Jede Verwertung außerhalb der engen Grenzen des Urheberrechtsgesetzes ist ohne die schriftliche Genehmigung der Autorin und des Verlags untersagt. Jegliche Vervielfältigung ist nur mit Zustimmung der Autorin und des Verlags zulässig.

Sämtliche Personen und Handlungen dieser Geschichte sind frei erfunden. Jede Ähnlichkeit mit real existierenden oder verstorbenen Personen oder Ereignissen ist rein zufällig.

Inhalt

Er denkt nur ans Aufsteigen! Sie ans Überleben!

Nightbird:

Was sich diese verschissenen Biker einbilden, ist kaum auszuhalten!
Sollte ich meinen Körper jemals auf diese Weise verkaufen müssen, dann mit Sicherheit nicht für diese Idioten, sondern in die eigene Tasche!
Doch man sollte bekanntlich niemals nie sagen!
Als ich nach einem Auftritt überfallen werde und zu mir komme, will ich am liebsten sofort meine Augen vor der Realität verschließen.
Hätte ich bloß auf Wolf gehört!

Wolf:

Mein Ziel liegt ganz oben, dafür habe ich alles aufgegeben! Meinen Stolz! Meine Moral! Mein Mitleid!
Der neue Auftrag ist easy. Frischfleisch für den Club! Leichter geht es wohl kaum.

Noch nie habe ich eine Absage kassiert,
doch SIE erteilt mir eine.
Als sie die Pisser aus dem Underground
auch noch erwischen, sehe ich Rot!
Kann ich auf die SOS zählen?
Jetzt will ich nicht nur nach oben, jetzt will
ich auch sie! Koste es, was es wolle!

Warnung:

Typisch für eine Biker Dark-Romance benutzen die Protagonisten eine eindeutige Sprache. Auch Regeln wie Einverständnis oder die Einhaltung anderer Gesetze sind ihnen fremd.

Eine Bewertung/ Rezension/ Feedback ist für uns Autoren sehr wichtig, daher würde ich mich freuen, wenn ihr nach dem Lesen, den Moment nehmt und eine Rezension schreibt.

Vielen Dank, Kitty Black.

Inhaltsverzeichnis

Kapitel 1 7
Kapitel 2 13
Kapitel 3 21
Kapitel 4 28
Kapitel 5 36
Kapitel 6 44
Kapitel 7 52
Kapitel 8 59
Kapitel 9 67
Kapitel 10 75
Kapitel 11 81
Kapitel 12 89
Kapitel 13 98
Kapitel 14 105
Kapitel 15 116
Kapitel 16 125
Kapitel 17 136
Leseempfehlung 144

Kapitel 1

Er wird mich suchen. Und er wird mich finden. Aber die Zeit, in der ich frei bin, genieße ich.

Leise stehle ich mich aus dem Schlafzimmer. Der Flur liegt verlassen vor mir. Nur wenige Meter trennen mich von der Freiheit. Ich weiß genau, welche Holzdiele knarrt. Im Slalom laufe ich von einer Diele zur Nächsten. Bei der Letzten muss ich springen. Sie ist die Schlimmste. Wenn ich da einen Schritt draufsetze, bin ich geliefert. Er hört es. Er hört alles.

Den Rucksack habe ich mir notdürftig vor den Bauch geschnallt. So kann ich ihn halten und der Inhalt erliegt nicht der Schwerkraft beim Springen. Ein einziges Geräusch kann ihn wecken. Es muss nicht mal laut sein. Aber sein Schlaf ist stets oberflächlich. Er bekommt alles mit.

Noch einmal hole ich tief Luft. Dann der Sprung zur Tür und möglichst auf schätzungsweise acht Quadratzentimetern zum Stehen kommen. Über die Hürde, die Klinke nach unten zu drücken, will ich jetzt noch nicht nachdenken. Das toppt alles. Aber wenn es mir gelingt, bin ich frei.

Lächelnd zähle ich innerlich von drei runter, gehe kurz in die Knie und springe. Auf den acht Quadratzentimetern komme ich nicht ganz zum Stehen. Und es hat auch ein Geräusch gegeben. Obwohl ich so schlank bin und mich sehr gut bewegen kann, hat es leise geknarrt.

Mit angehaltenem Atem und auf Zehenspitzen verharre ich an der Tür. Alles ist leise. Nur draußen hört man einen Uhu rufen. Kommt mir gelegen. *Er* wird sich denken, die Geräusche kommen aus der Natur und nicht vom Flur. Immerhin gibt es außerhalb viele Nachtvögel.

Meine Finger umfassen die rostige Türklinke. Millimeter um Millimeter drücke ich sie nach unten. Es ist das letzte Drittel, in dem sie quietscht. Das Ölen hat rein gar nichts gebracht.

Meine Augen habe ich zusammengekniffen. Es bringt nichts, ich weiß es, aber es fühlt sich an, als würde man das Quietschen so aufhalten können. Der erste Ton der Klinke ertönt. Ein Weiterer. Ich halte inne. Lausche wieder. Sehe zur Tür, hinter der er im Bett mit irgendeiner Schlampe liegt und hoffentlich schläft. Immer weiter drücke ich nach unten und weiß, wird der Ton dunkler, ist sie kurz davor, sich zu öffnen.

Ich vergesse beinahe, zu atmen, als das ersehnte Klicken ertönt. Genauso langsam, wie ich die Klinke nach unten gedrückt habe, lasse ich sie wieder hochgleiten. Auf die Zeit kommt es jetzt nicht mehr an. Hauptsache, ich bin frei.

Die kühle Luft der Nacht schlägt mir durch den Türspalt entgegen. Ich rieche die Freiheit förmlich und sie riecht verdammt gut.

Nach endloser Zeit, wie mir scheint, spüre ich endlich, dass die Klinke oben ist. Langsam ziehe ich meine Hand zurück. Meine Finger halte ich so, dass ich im Ernstfall direkt zugreifen kann. Aber es gibt kein Geräusch mehr. Leise öffne ich die Tür so weit, dass ich mit dem Rucksack hindurchpasse.

Meine nackten Füße treten auf Kies und selbst der Schmerz lässt mich nicht aufhören, zu lächeln. Ich bin frei. Endlich.

Die Tür lehne ich an. Erneut die Klinke zu drücken, möchte ich nicht. Hinterher riskiere ich, dass er wach wird oder von mir aus die Schlampe, die auf Moms Seite liegt.

Meine Hoffnung ist folgende: Er soll mein Fehlen erst am Morgen bemerken. Bis dahin bin ich viele Meilen von Zuhause entfernt. Es wird Zeit in Anspruch nehmen, meiner Spur zu folgen.

Ich will nicht unvorsichtig werden. So leise es die kleinen Steinchen unter meinen Sohlen erlauben, gehe ich zum Tor, das sich glücklicherweise lautlos öffnen lässt. Gut, ich habe nachgeholfen. Dieses habe ich gestern geölt. Anders als bei der Türklinke ist mein Plan beim Tor aufgegangen.

Es ist der erste Schritt, den ich setze, nachdem ich durch den schmalen Einlass gehe. Das ist der Schritt in die Freiheit. Jetzt bin ich auch ein Nachtvogel. Einer, der natürliche Geräusche macht, die *ihn* nicht wecken.

Nur langsam laufe ich. Zurück blicke ich nicht mehr. Das ist ab jetzt Vergangenheit.

Je mehr ich mich vom Haus entferne, desto schneller wird mein Gehen. Irgendwann fange ich an, zu rennen. Immer schneller. Mein Ziel ist zunächst der Wald.

Zwischen Bäumen kann man sich gut verstecken. Keiner käme auf die Idee, nachts den Wald aufzusuchen. Wölfe streifen durch das Land. Menschen haben Angst vor Wölfen. Ich nicht. Ich bin ein Nachtvogel! Mir kann nichts mehr passieren.

In alten Geschichten heißt es, der Wolf und der Nachtvogel, haben sie sich erst gefunden, können ein Leben lang zusammenbleiben. An diese Geschichten glaube ich nicht. Aber momentan hören sie sich gut an. Also habe ich keine Angst. Und wer weiß es schon, vielleicht ist etwas Wahres an den Erzählungen.

Am Stamm einer Fichte lasse ich mich hinunter und warte darauf, dass sich mein Puls wieder senkt.

Hastig schaue ich mich um. Nicht nach Wölfen. Nein. Nach *ihm* ...

Alles ist ruhig. Alles ist dunkel. Nur ab und zu ruft der Uhu. Aber er ist nur der Nachtvogel. Der darf rufen. Der darf laut sein.

Meine Fußsohlen befreie ich von Steinchen und Schmutz. Im Rucksack verwahre ich unter anderem Socken und Schuhe. Schnell ziehe ich mir beides an.

Erst, als sich meine Füße aufwärmen, stehe ich auf und setze meine Reise fort. Die Kapuze habe ich tief ins Gesicht gezogen. Den schwarzen Regenmantel bis obenhin verschlossen.

Holz, das unter meinen Schuhen knackt, stört mich nun nicht mehr. Er wird es nicht mehr hören. Ich muss auf die andere Seite des Waldes kommen. Dort gibt es eine Straße und weiter entfernt einen Bahnhof, an dem auch Busse starten. Den Ersten, der die Reise raus aus dem Land anstrebt, nehme ich. Und dann einfach weiter nach Süden, bis ich das Gefühl habe, irgendwo meinen Platz zu finden.

Den Mittelfinger erhoben, gehe ich weiter. Es fühlt sich gut an, diese Geste zu machen. Nur *ihm* gilt sie. Nur *ihm* ... und vielleicht noch der Schlampe, die das Bett mit ihm teilt.

Ich bin ein Nachtvogel und ich lasse mich nicht einsperren. Egal, womit er glaubt, es rechtfertigen zu können. Jetzt bin ich frei und ich freue mich auf mein neues Leben.

Kapitel 2

»Warum heißt er Chili?«, frage ich leise. Violet sitzt neben mir am Küchentisch und schneidet Zwiebeln. Immer wieder zieht sie die Nase hoch und wischt sich die Tränen mit dem Ärmel ab. Erstaunt sieht sie mich an.

»Du fragst, warum er Chili heißt?« Sie nickt zum Mexikaner. Ich sehe auf. Der beißt tatsächlich in eine rote Chilischote, kaut und sieht dabei aus dem Fenster.

»Alter. Der ist doch krank!«, entfährt es mir.

»Noch so ein Spruch und ich schiebe dir eine in deinen verfickten Hals!«, sagt er, ohne mich dabei anzusehen.

Violet lacht. »Keine Angst, Wolf. Er tut es nicht.«

»Sag das nicht, Violet«, murmelt er.

Ich werde aus diesem Kerl einfach nicht schlau. Einen guten Stand hat er im MC nicht. Nur, weil er der ›Bruder‹ von Rocco ist, wird er hier nicht besser behandelt als die Prospects und Members. Fragt sich, wie lange es der Bohnenfresser überhaupt bei uns aushält. Rocco sagt nicht, wie es weitergehen wird. Vermutlich ist es schon beschlossen, dass er hierbleibt. Mir ist es egal. Hauptsache, ich steige endlich mal auf! Zurück nach Kanada kann ich nicht. Dad erlaubt es nicht. Er verzichtet lieber auf meine Anwesenheit und weiß, dass mich Mood hier nicht finden kann. Also muss ich in Broken Arrow mein Dasein fristen. Die hiesige Einöde kotzt mich an. Wälder fehlen. Raue Natur, raues Wetter. Für mich ist das hier eine Gegend für Pussys ... Behalte ich natürlich für mich. Dieser Chapter der Sons of Silence ist nämlich mächtig stolz auf seine Stadt.

Stadt kann man Broken Arrow eigentlich nicht nennen. Tulsa ist eine Stadt. Broken Arrow ist dagegen ein kleines Dorf. Mehr nicht.

Wieder beobachte ich den Mexikaner. Rocco hat über ihn gesagt, er sei ein ruhiger Kerl. Also wenn man ihn nicht reizt. Ausprobieren, möchte ich es nicht. Chili ist kräftig und ich kann mir vorstellen, wenn der die Fäuste fliegen lässt, wächst kein Gras mehr.
»Wann gibt es Essen?«, frage ich Violet.
»Wenn es fertig ist!«
»Ich habe Hunger!«
»Dann nimm dir einen Apfel!«
»Schmeckt nicht!«
»Willst du?«, fragt Chili und hält mir eine der Schoten hin. Sofort schüttele ich den Kopf. »Probier doch mal!«
»Nein. Dann brennt mir morgen der Arsch. Da hast du doch Erfahrung mit, oder? Aber die Post ging rückwärts, hab ich recht?«
»Ja genau. Wir könnten es ausprobieren, ob dir morgen der Arsch brennt.«
»Ich verzichte!«
Jetzt kommt dieser Bohnenfresser auch noch auf mich zu. Weiterhin hocke ich neben Violet, die Arme vor der Brust verschränkt, mehr liegend als sitzend.

Mit einem Mal habe ich einen Unterarm um meinen Hals liegen. »Lass mich los, du Pisser!«, schreie ich. Violet schüttelt nur mit dem Kopf, rückt ein Stück zur Seite und schneidet weiterhin die Zwiebeln.

Ich will den Arm von meinem Hals ziehen, aber der fühlt sich an, wie eine Metallstange. Ehe ich reagieren kann, habe ich diesen Scheißchili in der Fresse. Verzweifelt versuche ich, das Stück auszuspucken, aber dieser verfickte Beaner hält mir schön die Schnauze zu. Ein nicht gerade kleines Stück gleitet meine Speiseröhre hinab. Hitze steigt in mir auf. Mein Mund fühlt sich an, als stünde er in Flammen. Taubheit breitet sich auf der Zunge aus. Und das Luftholen wird mir erschwert, weil sein Unterarm auf meinen Kehlkopf drückt.

Meine Augen füllen sich in kurzer Zeit mit Tränenflüssigkeit. Als ich mir dessen bewusst bin, ist es längst zu spät. Endlich lässt er mich los. Röchelnd spucke ich das restliche Schotenstück auf den Tisch und heimse mir einen bösen Blick von Violet ein. »Fick mich nicht doof von der Seite an! Kapiert?«, höre ich den Chilifresser sagen.

Hastig nicke ich. Luftholen kann ich zwar wieder, aber das Brennen hindert mich, es uneingeschränkt zu tun. Jetzt bin ich derjenige, der sich mit dem Ärmel die Tränen aus dem Gesicht wischt. Nur verschwommen erkenne ich Chili, der zum Kühlschrank schlendert. Weiterhin bin ich nur damit beschäftigt, das Brennen im Mund, auf den Lippen und in der Kehle auszuhalten.

Der Beaner kommt zurück zum Tisch. Instinktiv ducke ich mich. Noch mal will ich nicht mit ihm aneinandergeraten. Er stellt mir ein großes Glas Milch auf den Tisch. »Runter damit!«, knurrt er.

»Mach! Dann geht es dir besser«, höre ich Violet sagen. Sofort greife ich danach und setze den Glasrand an die Lippen. Hastig trinke ich, Milch läuft mir die Mundwinkel hinab.

Es ist eine Wohltat, Milch zu trinken. Es fühlt sich an, als würden die Flammen dadurch gelöscht. In einem Zug leere ich das Glas.

Gazo kommt mit Lazzy in die Küche. Ein Blick von ihnen reicht und sie brechen in Gelächter aus.

»Alter, du siehst aus, als hättest du einem Arschloch einen gekaut!« Gazo beugt sich zu mir runter und sieht mich grinsend an.

»Ist Milch, du Wichser«, entfährt es mir, als ich mich wieder in der Lage fühle, überhaupt die Zunge zum Sprechen zu bewegen. Das Wort Milch sorgt dann erneut fürs Lachen.

Ich stehe auf und spüre, weil ich ein Stück der Roten verschluckt habe, wie mein Magen zu brennen beginnt. Kopfschüttelnd gehe ich zum Kühlschrank, öffne und trinke Milch direkt aus der Verpackung.

»Du bist ne Pussy!«, höre ich Chili sagen.

Ich setze die Milchverpackung ab und sehe ihn noch immer mit Tränen in den Augen an. »Ich hab ein Stück verschluckt, du Arschloch!«

Chili klatscht in die Hände. »Geil. Dann sag uns doch morgen, wie sich dein Arsch anfühlt!« Er zwinkert mir zu und verlässt die Küche. Er geht immer, wenn andere Sons kommen.

Ich trinke auch den Rest aus der Verpackung aus.

»Wolf! Das war die Letzte! Ich brauche Milch für den Nachtisch!« Violet sitzt immer noch am Tisch und sieht mich vorwurfsvoll an. Schulterzuckend erwidere ich ihren Blick. »Du musst neue Milch kaufen!«

»Mach ich morgen«, nuschele ich. Noch immer fühlt sich meine Zunge taub an.

»Ich brauche die Milch gleich!«

Die Tür schwingt auf und der Pres kommt rein. Sofort geht er zu Violet und zwingt sie dazu, aufzustehen. Meine Augen verdrehen sich sofort, als ich das Geschmatze höre. »Nicht, Rocco ... Ich muss ... Alle haben Hunger!«, sagt Violet und ich weiß, gegen ihn kommt sie einfach nicht an.

»Das Essen kann warten«, entgegnet Rocco ... So fängt es meist an.

»Meine Finger riechen nach Zwiebel!«, kichert Violet.

»Ich will ja nicht deine Finger!«

Das Spiel geht jetzt eine gewisse Dauer so weiter, ehe sie ihre Beine um seine Hüfte schwingt und beide die Küche verlassen. Das war es dann vorerst mit einer warmen Mahlzeit.

»Wolf! Vier Liter, ja?«, höre ich Violet rufen, bevor der Pres sie aus der Küche trägt.

Genervt schließe ich den Kühlschrank wieder. Gazo klopft mir auf die Schulter. »Bist du mit dem Beaner aneinandergeraten?«

»Ja. Was dagegen?«

»Mach dir nichts draus, Wolf. Ist ein komischer Typ. Aber ... immerhin der ... Bruder von unserem Pres. Also benimm dich ihm gegenüber.«

»Er ist ein Scheißbohnenfresser!«

»Und du? Was bist du, Wolf?«

»Was meinst du damit?«

»Du bist ein Scheißahorn! Also. Ein Bohnenfresser und ein Ahorn in unserem MC. Wird langsam bunt hier!«, sagt er lachend und haut mir auf den Hinterkopf. »Tu was Violet dir aufgetragen hat, Junge.«

»Brauchst du nicht noch Hilfe im Tattoo Studio? Ich könnte Farben anmischen oder so«, sage ich. Gazos Laden in Broken Arrow läuft gut. Ständig ist er ausgebucht und kann sich vor Arbeit kaum retten.

»Du kannst unsere Maschinen reparieren! Dafür will dich der Pres haben und nicht für ein Tattoo Studio!«

»Es fucked mich ab, die ganze Zeit nur hierzubleiben!«, entfährt es mir.

»Ja?«, fragt Lazzy kopfschüttelnd. »Würde es dich auch abfucken, wenn dich die verfickten Undergrounds in die Finger bekommen? Hmm? Fucked dich das dann auch ab?«

Mit denen zu diskutieren, hat einfach keinen Zweck. So sieht es aus. Ein Zeitraum wurde mir nicht genannt. Wie lange ich in dieser Einöde bleiben muss, weiß ich nicht. Nichts wird mir gesagt. Weder von Dad noch von Rocco erfahre ich etwas.

»Und jetzt geh einkaufen. Dann kommst du ja mal hier raus. Mach, was Violet dir aufträgt!«, sagt Gazo.

Ich höre darauf. Was bleibt mir anderes übrig?

Kapitel 3

Drei Wochen sind vergangen, seitdem ich mein Zuhause verlassen habe. Inzwischen habe ich es bis nach Oklahoma geschafft. Ein Blick auf meine Geldreserve sagt mir, dass es Zeit wird, arbeiten zu gehen. Zwar besitze ich noch vierhundert Dollar, aber ich brauche ein kleines Polster, falls mein Plan nicht aufgeht.

Heute Abend stelle ich mich das erste Mal vor. In dieser Stadt gibt es nicht so viele Clubs, wie ich angenommen hatte. Es sind nur zwei. Die anderen Bars, die es gibt, sind solche, in denen man den Körper verkauft. Das will ich nicht. Würde ich nur im äußersten Notfall machen.

Seit Stunden knurrt mein Magen. In den drei Wochen habe ich viele Kilos verloren. Nicht unbedingt von Vorteil, wenn ich mich an diesem Abend als Tänzerin bewerben will. Männer stehen auf Kurven. Zurzeit habe ich keine mehr.

Lustlos schlendere ich durch die Mall und entdecke am Ende einen Lebensmittelladen. Meine Schritte werden schneller. Mir läuft das Wasser im Mund zusammen, wenn ich an belegte Bagels denke, an Coke, an Süßkram.

Ich nehme mir vor, nicht zu viel zu essen und mir das meiste für die Nacht aufzuheben. Erst, wenn ich mich vorgestellt habe, werde ich richtig reinhauen. Wenn mein Bauch aufgebläht ist, werde ich erst recht nicht als Tänzerin eingestellt werden.

Obwohl ich so weit von zu Hause entfernt bin, leide ich immer noch unter dem Verfolgungswahn. Deshalb bleibe ich wohl lieber der Nachtvogel. Wenn ich einen Job gefunden habe, in dem ich ausschließlich bei Dunkelheit arbeite, erwischen sie mich nicht so schnell. Tagsüber kann ich schlafen. Eine Mini-Wohnung würde mir absolut reichen. Viel brauche ich nicht.

Mit dem Betreten des Lebensmittelladens sammelt sich noch mehr Spucke in meinem Mund. Innerlich weiß ich schon, zwanzig Dollar werden nicht reichen. Es ist schlecht, mit leerem Magen einkaufen zu gehen. Jede verdammte Frau weiß das doch. Heute ging es nicht anders.

Seit drei Tagen bin ich schon in Broken Arrow. Eigentlich wollte ich noch weiter südlich reisen, aber mir gefällt es hier so gut, dass ich kurzerhand entschieden habe, zu bleiben. Es ist völlig anders als bei mir zu Hause. Total. Und ja, ganz sicher wird der Zeitpunkt kommen, in dem ich die Wälder vermisse. Die raue Natur, das andere Klima. Aber für den Anfang ist dieses Städtchen perfekt.

Ohne es bewusst gemerkt zu haben, habe ich mir einen Einkaufswagen genommen. Auch das ist ein Zeichen für einen größeren Einkauf. Einen, für den zwanzig Dollar nicht reichen werden.

Wie im Wahn gehe ich durch die Gänge und immer wieder greift meine Hand nach neuen Leckereien. Bei der großen Auswahl schaue ich nicht mehr geradeaus, sondern nur noch zu den Regalen links und rechts. Erst, als mein Wagen mit ziemlicher Wucht gegen irgendetwas stößt, sehe ich erschrocken nach vorne.

»Kannst du nicht aufpassen?«, fragt mich ein Typ, der ziemlich sauer aussieht. Zudem hatte er Milchtüten in der Hand, die zu Boden gefallen sind, und eine riesige weiße Lake hat sich ausgebreitet.

»Und du? Kannst du nicht aufpassen?«, entgegne ich zickig.

Der Typ, der mich um eine ganze Kopflänge überragt, kommt noch einen Schritt weiter auf mich zu, und wäre fast in der Milch am Boden ausgerutscht. »Du bist gegen mich gefahren, weil du überhaupt nicht nach vorne gesehen hast!«

»Aha. Und das konntest du noch erkennen? Warum bist du dann nicht einfach stehen geblieben?« Zugegeben, es fällt mir äußerst schwer, ihm in die Augen zu sehen. Sie sind eisblau, die Wimpern, Brauen und Haare dunkelbraun.

»So schnell konnte ich eben nicht bremsen.«

Ein Angestellter kommt mit einer Papierrolle in der Hand und drückt sie dem Typen in die Hand. »Was denn? Soll ich jetzt? Dein Ernst?«, fragt er den Verkäufer, der daraufhin geht.

»Tja. Wie auch immer. Schönen Tag noch!«, sage ich schnell und will den Einkaufswagen an ihm vorbeischieben, doch er hält ihn fest.

»Hör zu, Püppi, du gehst jetzt schön vor mir auf die Knie und wischst die Scheiße hier auf!«

»Träum weiter! Ist ja nicht meine Milch!« Ruckartig befreie ich meinen Wagen. Und mache mich schnell aus dem Staub. Im Einkaufswagen ist genug zu essen.

Nichts wie weg hier.

Immer wieder sehe ich mich auf dem Weg zur Kasse um. Ich hatte damit gerechnet, dass er mir nachkommt. Tut er aber nicht.

Tatsächlich habe ich es unter zwanzig Dollar geschafft. Ihm kann ich dafür danken. Wäre der Zusammenstoß nicht gewesen, hätte ich deutlich mehr eingekauft.

Mit einer halb vollen Papiertüte entferne ich mich aus dem Laden. Die Sachen werde ich erst im Rucksack verstauen, wenn ich die Mall verlassen habe. Am Ende wiege ich mich zu sehr in Sicherheit und er kommt mir doch noch nach.

Schön ausgesehen, hat er. Seine Augen waren der Wahnsinn. Gerade dann besonders, als er so wütend geschaut hat.

Kopfschüttelnd, weil ich über seine Augen regelrecht ins Schwärmen gerate, bin ich froh, als ich in der etwas abgelegenen Straße ankomme. Es ist ein Hotel, das vermutlich auch für wenige Stunden Zimmer vermietet. Die Behausung ist runtergekommen. Die Wände wackeln. Letzte Nacht habe ich eine Frau kreischen hören. Ob sie Sex hatte oder überfallen wurde, weiß ich nicht. Aber es ist preiswert, dort zu wohnen. Vorerst. Wenn ich einen Job gefunden habe, suche ich mir etwas anderes.

»Zimmerschlüssel zwölf bitte«, sage ich dem Mann, der hinter einer halbhohen Glasscheibe sitzt und sich schmutzige Blättchen ansieht. Er hustet ab, trinkt aus einer verdreckten Flasche Whiskey oder ähnlichem und reicht mir schließlich den Schlüssel.

Ein ›Danke‹ spare ich mir.

Ich laufe die enge Treppe nach oben, rieche ein Gemisch aus Zigarettenrauch und Pisse, ehe ich endlich mein Zimmer aufschließe und schnell im Raum verschwinde.

Aufatmend lasse ich mich mit dem Einkauf auf das Bett fallen. Glücklich schließe ich die Augen und horche in mich hinein. Seltsamerweise ist mir der Hunger vergangen. Seitdem ich mit diesem Typen zusammengekracht bin, ist das Knurren weg. Gut, freundlich war er nicht zu mir gewesen. Aber dieses Blau werde ich nicht mehr vergessen. Vielleicht geht er ja öfter dort einkaufen. Ich könnte in zwei, drei Tagen wieder hingehen. Wer weiß, vielleicht meint es das Schicksal gut. Eventuell begegnen wir uns wieder. Würde ich mich bei ihm entschuldigen? Ja. Würde ich. Es war eindeutig meine Schuld gewesen. Ich hatte nicht nach vorne geschaut. Ich war nur am Essen interessiert gewesen.

Lächelnd setze ich mich auf. Genug geträumt von blauen Augen. Später wird gearbeitet. Also wenn der Clubbesitzer mir einen Probeabend gewährt. Klar. Lukrativ ist es nicht. Wenn er also schlau ist, lässt er mich heute Abend tanzen, ohne mich dafür bezahlen zu müssen. Mir bleibt nichts anderes übrig, als das mitzumachen. Vielleicht ist er von mir begeistert und ich darf morgen Abend gegen Bares die Männer zum Schwitzen bringen.

Einzig die Coke findet den Weg in meinen Magen. Die blauen Augen hindern mich am Essen und ganz sicher auch die Aufregung. Noch nie habe ich vor fremden Männern getanzt. Ab und zu durfte ich in Vaters Bar tanzen. Der Vorteil, wenn man für den Alten arbeitet? Die Männer lassen einen in Ruhe. Einer hat mich mal angefasst, nicht mal unsittlich, dem hat Dad sofort die Fresse poliert. War der Kunde selbst schuld. Jeder weiß, mit der Gang meines Vaters legt man sich einfach nicht an.

Aber, all das ist von nun an Vergangenheit. Kein Bevormunden mehr. Keine Regeln mehr. Kein Gefühl mehr, wie ein Vogel im goldenen Käfig zu leben. Nach den ganzen Jahren habe ich davon die Nase gestrichen voll.

Kapitel 4

»Was will er von mir?«

»Woher soll ich das wissen? Geh hin, dann weißt du es!«, sagt der Seargent at Arms und zündet sich eine Fluppe an.

»Geht es um die verfickte Milch? Sorry, aber mir war die Lust, Neue zu holen, vergangen!«

»Scheiß dir nicht jedes Mal ins Hemd, wenn der Pres mit dir sprechen will! Das kennst du doch! Dein Vater ist doch auch Pres.«

»Ich scheiß mir nicht ins Hemd. Ich frag mich nur, was er von mir will, Gazo!«

»Vielleicht hat er endlich ne Aufgabe für dich gefunden. Wolltest du doch.«

»Verfickte Scheiße!«, schreit Lazzy, als Gazo mit der Maschine das Tattoo auf seinem Rücken weiter sticht.

Kopfschüttelnd gehe ich und trete den Weg zum Büro vom Pres an. Bei Rocco weiß man nie, wo man dran ist. Es kann freundlich werden, es kann die Hölle werden. Allein war ich bisher noch nicht bei ihm.

Aus purem Respekt klopfe ich an. Rocco lässt sich Zeit, ehe er mir ein Zeichen gibt, dass ich Eintreten darf.

»Du wolltest mich sprechen?«, frage ich und gehe auf den Stuhl zu, auf den er zeigt. Violet ist auch da. Wie so oft sitzt sie auf Roccos Schoß. Wenn sie da ist, ist er meist netter. Ich hoffe, es hilft auch dieses Mal.

»Ich hörte, du wolltest eine Aufgabe von mir bekommen.«

»Vielleicht mal irgendwas anderes, als nur die Bikes zu reparieren.«

»Darin bist du gut, Wolf. Das kannst du!« Schulterzuckend sitze ich da und rechne schon damit, dass mir gesagt wird, welche Harleys ich morgen machen soll. »Aber gut. Ich habe mir überlegt, du könntest für unseren Club Fotzen suchen.« Violet holt aus und boxt dem Pres gegen die Schulter. »Weib... Mädchen.«

Erstaunt sehe ich Rocco an. »Klar Pres. Kein Ding.«

»Nimm dir ein paar der Prospects mit. Ich sage Chili noch, dass er euch begleiten soll.«

»Brauchst du nicht, Pres.«

»Was?«

»Chili. Wir kommen auch ohne ihn klar.«

»Nein. Er wird euch begleiten!«

»Warum?«

»Chili ist das geborene Kindermädchen. Glaub mir!«, nuschelt er und drückt seiner Lady einen Kuss auf den Hals.

Ich kann es nicht lassen und rolle mit den Augen. »Kann nicht Gazo mitkommen? Warum der Bohnenfresser?«, entfährt es mir.

Rocco lässt von Violet ab und sieht mich mit zusammengekniffenen Augen an. »Weil ich sage, dass Chili euch begleitet!«

Kopfschüttelnd hebe ich die Hände und will aufstehen. »Er ist ein Guter, Wolf«, sagt Violet leise und zwinkert mir zu.

»Dir hat er auch keinen Chili in den Hals geschoben«, murmele ich und verlasse das Büro. Noch ehe ich die Tür hinter mir schließe, höre ich mal wieder Sachen, die mit Sicherheit nicht für meine Ohren gedacht waren.

Gut. Ich habe eine Aufgabe, die mich vor allem mal diesen Club hier verlassen lässt. Aber muss ausgerechnet Chili mitkommen?

Ich schlendere über den Hof, höre die anderen im Clubhaus lachen, und lasse mich nahe den ausrangierten Maschinen nieder. Nachdenklich zünde ich mir eine Fluppe an. Weiber für die Bar auftreiben, wird nicht das Problem sein. Aber gemeinsam mit dem Beaner loszuziehen, gefällt mir nicht.

Nachdenklich nehme ich einen tiefen Zug und blase den Rauch in die Luft. Etwas entfernt nehme ich eine Bewegung wahr. Bei genauerem Hinsehen entdecke ich Chili. Nicht mal hier draußen habe ich Ruhe vor dem Mexikaner. Was Rocco an dem findet, kann ich mir nicht erklären. Und selbst die anderen packen ihn nicht an. Er kann hier völlig in Ruhe leben.

Morgen werde ich Dad anrufen und fragen, wann ich wieder nach Hause kann. Hier fühle ich mich wie ein Aussätziger. Manchmal kommt mir sogar in den Sinn, zurückzukehren und wenn Mood mich töten will, soll er es einfach tun. Dann hätte ich zumindest Ruhe.

Chili steht unbeweglich da und starrt in die aufkommende Dunkelheit. Ich werde erst meine Kippe zu Ende rauchen und ihm danach sagen, er soll mich und die anderen

Prospects begleiten. Anweisung vom Pres ... füge ich dem noch hinzu.

Ich sehe die Glut seiner Zigarette im Dunklen leuchten, als ich endlich meine weg schnipse und langsam auf ihn zugehe. Er hört mich. Ich bin mir sicher. Die Steine knirschen unter meinen Schritten. Einen Meter hinter ihm bleibe ich stehen. Ich räuspere mich. Mehrfach. Der Beaner dreht sich nicht um. *Fuck ...*

»Chili! Du sollst mit in die Stadt fahren! Anweisung vom Pres«, sage ich. Immer noch keine Regung von ihm.

»Wann?«, fragt er. Schulterzuckend stehe ich da, wobei er das ja nicht sehen kann. Die Hände habe ich in der Hosentasche vergraben. »Du musst mit mir sprechen, Junge!« Er nennt mich ständig ›Junge‹.

»Ich heiße Wolf!«

»Na schön, dann nenne ich dich eben Welpe!«

»Ist das so schwer zu merken, Beaner?«

Jetzt dreht er sich um und selbst in der Dunkelheit erkenne ich, dass er die Brauen tiefzieht und mich anfunkelt. »Tu das nicht, Junge.«

»Was?«

»Mich Beaner nennen.«

»Dann nenn du mich bei meinem Namen.«

»Tue ich doch, Welpe. Also wann soll es losgehen?«

»Ich muss noch ein paar der Prospects fragen. Will Rocco so.«

»Und ich soll das Kindermädchen spielen?«

»Sieht so aus. Glaub mir, Mexikaner, ich hätte es auch gerne anders.«

»Geh und such dir deine Leute zusammen.«

»Sind auch deine, oder?«

Chili lacht und zieht an seiner Fluppe. Der Ohrring mit dem silbernen Gotteskreuzanhänger schwingt dabei hin und her. Die Mexikaner sind alle gläubig. Ein seltsames Volk.

»Ich bin kein SOS. Vergiss das nicht.«

»Tue ich nicht«, sage ich abschließend und gehe.

Im Clubhaus halten sich die meisten Mitglieder auf und lassen sich von irgendwelchen Nutten bedienen. Selten sitze ich dabei. Wenn überhaupt nur dann, wenn Blaze dabei ist. Ob er jetzt da ist, weiß ich nicht. Und wen ich mitnehmen soll, weiß ich auch nicht. Rocco hat es mir freigestellt. Einzig Chili hat er festgelegt.

Ruckartig ziehe ich die Tür zu unserer privaten Bar auf. Eine Marihuana-Wolke schlägt mir entgegen und ich komme nicht

gegen den Drang an, einmal tief einzuatmen und dabei die Augen zu schließen.
Scheiße, ist das lange her.
Auf zwei Fingern pfeife ich, um die dröhnende Musik zu übertönen. Einige schauen auf und erfreut sehe ich, dass Blaze unter denen, die an der Theke lehnen, da ist. Er kommt direkt zu mir und nickt. »Alles klar, Mann?«, lallt er. *Das wird nix.*
»Ja. Ich soll einige zusammentrommeln und auf die Suche nach neuen Fotzen gehen.«
»Wofür?«
»Für die Clubs in der Stadt.«
»Ich bin raus ... zu ... Bin schon vergeben«, sagt er sofort und umarmt die Whiskeyflasche.
»Scheiße Mann!«
»Frag Oris und Tom. Die sind noch nicht so voll. Glaube ... ich.«
Ich gehe zur Theke, klopfe beiden auf die Schulter. »Kommt ihr mit in die Stadt? Sollen ein paar Fotzen für die Clubs suchen.« Tom schüttelt sofort den Kopf und ordert einen weiteren Drink. »Oris, was ist mit dir?«, frage ich genervt.
»Wann denn?«
Natürlich ist der Wichser voll. Ich höre es an seiner Stimme, ich sehe es ihm an. Soll ich jetzt allein mit Chili los? »Jetzt!« Auch

Oris schüttelt den Kopf. Na toll. Das war es dann.
»Ich kann nicht.«
»Warum?«
»Wollte ficken.«
Mir rutscht die Hand aus und landet auf Oris Hinterkopf. Stört ihn nicht. Er säuft weiter.
Ich, allein mit Chili ... Das kann nur schiefgehen.

Kapitel 5

»Und wie hoch ist mein Lohn?«, frage ich den dicken Barbesitzer, der mir die ganze Zeit auf die Titten schielt.

»Zehn Dollar die Stunde. Also wenn du wirklich tanzen kannst.«

»Zehn Dollar?«, hake ich lachend nach und schüttele sofort den Kopf. Ich bin im Begriff, zu gehen. Will gerade aufstehen.

»Warte. Machen wir zwölf Dollar daraus. Wenn du es kannst und mir gefällt, was ich sehe!«

»Und wie oft könnte ich dann arbeiten kommen?«

»Vier Tage die Woche.«
»Wie viele Stunden am Abend?«
»Fünf.«
Ich rechne. Somit würde ich, wenn alles läuft, 240 Dollar die Woche machen. Nicht viel, aber besser als nichts. »Wir haben oben auch noch Zimmer, wenn du verstehst.« Mir kommt gleich die Galle hoch.
»Ich will nur tanzen. Für den anderen Kram, der hier läuft, bin ich die Falsche.«
»Kannst es dir ja überlegen. Aber heute Abend für Lau. Schließlich kaufe ich nicht die Katze im Sack.«
»Sie bezahlen mich. Sie kaufen mich nicht und besitzen mich auch nicht!«, entfährt es mir sofort. Lieber gleich klare Grenzen ziehen.
»Aber natürlich. So meinte ich es«, sagt er und zwinkert mir zu. »Lass deine Haare offen, wenn du tanzt. Sie sind schön lang und blond. Da stehen die Kunden drauf.«
Mich stört nur das Wort Kunde. Ich habe keine Kunden. Ich arbeite nur und werde dafür bezahlt. Weil ich es mir aber nicht leisten kann, presse ich schnell die Lippen zusammen. Am Ende sage ich etwas Böses und der Dicke stellt mich nicht ein.
»Gut. Aber ich arbeite heute nicht die vollen fünf Stunden. Eine umsonst, wenn Ihnen gefällt, was Sie sehen, geht es weiter

und dafür werde ich bezahlt. Einverstanden?«
Der überlegt tatsächlich. »Ist gut. Okay. Wir haben einen Deal, ...«
»Nightbird.«
»Wie?«
»Nightbird!«
»Dein Künstlername?«
»Ja.«
»Und wie ist dein Richtiger?«
»Das brauchen Sie nicht wissen. Wo kann ich mich umziehen?«
»Du meinst wohl ausziehen.«
»Ich habe Sachen eingepackt, die durchaus zum Tanzen ausreichend sind«, erwidere ich und beiße die Kauleiste zusammen.
»Na schön.« Er erhebt sich. »Ich bin Thin.«
Ein Lachen unterdrücke ich. Für diesen Mann den Spitznamen ›Dünn‹ zu nehmen, ist wirklich verrückt. Allerdings ist der Nachtvogel auch schräg. Aber ich bin einer. Und wer weiß, vielleicht findet der Nachtvogel irgendwann seinen Wolf. Es ist nicht so, dass ich auf die Suche gehe. Jedoch ist mein Vorhaben nicht, ein Leben lang allein zu bleiben.

Die Menschen in Oklahoma scheinen nett zu sein. Viele nicken mir freundlich zu. Nur der Vollidiot im Lebensmittelladen hat es nicht getan. Der war ein Arschloch. Ich sollte vor ihm auf die Knie gehen. Pah, das hätte er wohl gerne gehabt. Das Einzige, was mir immer noch nachhängt, sind seine Augen. Vermutlich ist es nur deswegen, weil sie so eine ungewöhnliche Farbe hatten. So ein Eisblau habe ich bei noch keinem Menschen gesehen. Ich kannte mal einen Mann. Der kam oft zu uns nach Hause. Der hatte auch so hellblaue Augen. Aber längst nicht so hell wie die von diesem Typen. Ein bisschen erinnert er mich an den Mann von damals.

Thin führt mich in einen der hinteren Räume. Abgestandener Zigarettenrauch schlägt mir entgegen. Es ist ein Ablageort für Verpackungen. Überall stehen leere Flaschen herum, vertrocknetes Essen entdecke ich auch und Pizzakartons.

Wenn ich heute Abend zurück ins Hotel komme, werde ich essen. Und dank der Ablenkung knurrt mein Magen auch wieder. Er stellt nur dann das Knurren ein, wenn ich an die Augen von diesem Arschloch denke. Also lasse ich das Denken lieber. Schließlich bin ich zum Arbeiten hier. Hoffen wir, Thin gefällt, was er in einer Stunde sieht. Getanzt habe ich schon mein ganzes Leben lang. Und ich kann es gut. Denke ich jedenfalls.

Erst ein genervter Blick von mir, lässt den Barbesitzer die Abstellkammer verlassen und ich ziehe schnell meine Klamotten aus dem Rucksack. Es war nicht die beste Entscheidung, mein ganzes Hab und Gut mitzunehmen. Doch dem Typen, der das ... Hotel führt, traue ich auch nicht über den Weg.

Mit einer Hotpants an, die mehr an einen Slip erinnert, und einem schwarzen BH, der das doppelte zaubert, gehe ich schließlich zurück in die Bar. Einige Männer sitzen schon an der Theke und lassen sich von einer älteren Frau bedienen. Lachend streckt sie mir die Hand entgegen. »Hi! Ich bin Anna!«

»Nightbird. Hallo.«

»Wie heißt du?«

»Nightbird.«

Einige Sekunden lang hält sie meine Hand fest, ehe sie schließlich lacht. »Das passt zu dir!«

»Danke.« Sie zeigt über meine Schulter hinweg. »Er wartet auf dich!«

Thin sitzt an einem der Tische und trommelt mit den Fingern auf der Tischplatte herum. In der Mitte der Bar gibt es ein Podest, darauf eine Stange. Es wundert mich, dass ich die einzige Tänzerin hier bin. Gut. Thin hat ja schon Andeutungen gemacht. Vermutlich sind die anderen Frauen oben auf den Zimmern und lassen sich von schmierigen Kerlen ficken. Dafür bin ich mir zu schade. So viel Geld könnte man mir gar nicht bieten!

Pol-Dance ist für mich kein Problem, auch wenn es immer mein Traum war, eine Balletttänzerin zu sein. Aber gut, nicht jeder Traum lässt sich eben verwirklichen. Dann nehme ich lieber etwas, was dem Traum anfänglich nahekommt.

»Soll ich auf deinen Rucksack aufpassen?«

Ich wende mich wieder zur Theke. Anna lächelt mich an. Ihre riesigen Ohrringe baumeln hin und her und jedes Mal, wenn sie spricht, hüpfen ihre roten Locken. »Das wäre toll!«, sage ich sofort. Ein besseres Angebot für eine sichere Platzierung werde ich wohl nicht bekommen.

Der Laden füllt sich. Ausschließlich Männer besuchen diese Bar. Anna sorgt für die nötige Musik und ich freue mich, weil die Lautstärke sich erhöht. Grölende und geile Säcke will ich nicht hören.

Thin zeigt auf die Stange. Nickend betrete ich das Podest. Nicht wirklich elegant entledige ich mich der Schuhe und stelle sie in einer angemessenen Entfernung hin. Ich werde mir die Fußsohlen nach dem Tanz schrubben. So viel weiß ich schon.

Über einen langsamen Rhythmus für den Anfang freue ich mich. So kann ich mich vorerst warmtanzen und wenn Thin glaubt, mehr passiert nicht, gebe ich erst richtig Gas.

Die ersten Männer sind in jedem Fall schon mal auf mich aufmerksam geworden. Sie starren mich an, folgen jeder Bewegung, die ich mache. Soll mir recht sein und ich hoffe natürlich, irgendeiner mag mir Scheine in die Hose oder den BH stecken. Ein paar Dollar zusätzlich können schließlich nicht schaden.

Eines muss ich über Thin sagen: Nach genau einer Stunde hebt er den Daumen und zwinkert mir zu. Ich darf weiter tanzen. Ihm hat es gefallen. Und ich habe nun einen Job. Hoffe ich zumindest.

Ab und zu mache ich eine Pause. Ob ich die Getränke, die mir Anna bringt, bezahlen muss, weiß ich nicht.

Es sind schon einige Scheine, die vor allem in meinem BH stecken. Wenn ich gut bin, kann ich so vielleicht noch mal dreißig Dollar extra verdienen. Das wäre klasse. Fehlt nur noch eine Mini-Wohnung, in der ich mich tagsüber aufhalten kann. Dad und seine Leute werden mich so sicher nicht finden. Und sie suchen mich. Ich weiß es.

Inzwischen sehe ich sogar Frauen in der Bar. Gut, man sieht ihnen an, wofür sie sich unter die Gäste mischen. Sie sollen den Schwanzträgern einheizen.

Einer der Männer, der mir bestimmt allein fünfzehn Dollar zugesteckt hat, hebt ein Glas in die Höhe und nickt mir zu. Erneut mache ich eine Pause. Tanzen macht durstig. Vermutlich liegt es daran, dass ich nun von einem fremden Mann ein Glas Coke annehme.

In einem Zug leere ich es und bedanke mich bei dem älteren Herrn mit einem sexy Lächeln. Inzwischen ist jeder Sitzplatz belegt. Einige müssen sogar stehen.

Weiterhin schlängele ich mich um die Stange und spüre, wie sich plötzlich alles dreht. Mir ist heiß. So unendlich heiß. Jeder Stoff auf meinem Körper ist zu viel.

Kapitel 6

Wolf

Weiber zu finden, hört sich leicht an. Klar. Es gibt sie überall. Aber die meisten haben keine Lust als Prosti zu arbeiten. Schade. Wir bezahlen wirklich gut. Im Chapter meines Vaters wird nicht so gut bezahlt. Deshalb verstehe ich es einfach nicht, warum keine unser Angebot ernst nimmt. Soll Rocco doch welche aus dem Osten organisieren. Die kosten nicht viel und spielen das Geld schnell ein.

Eine Einzige hat angebissen, und ob die sich wirklich bei uns meldet, bleibt abzuwarten. Meine Kutte hat sie nicht weiter gestört. Demnach kann man davon ausgehen, dass sie gar nicht weiß, was SOS überhaupt bedeutet. Aber warum jede andere sofort den Kopf geschüttelt und uns aus dem Weg gegangen ist, kann ich mir nicht erklären. Vielleicht liegt es an meinem Schatten, dass kaum ein Weib Lust hatte, mit mir zu sprechen. Der Bohnenfresser ist ständig in meiner Nähe. Sprechen, tut er nicht. Kein einziges Wort sagt er. Er sieht nur zu, wenn ich versuche, eine aufzureißen.

»Ich will nen Absacker trinken!«, sage ich. Mir ist die Lust vergangen, irgendwelche Fotzen aufzureißen.

»Wofür?«

»Weil ich da Bock drauf hab!«

Chili schüttelt nur genervt den Kopf. Wir schwingen uns auf unsere Maschinen. Auch auf dem Weg hierher in die Stadt, hat er mich immer vorfahren lassen. Morgen werde ich Rocco fragen, warum ich ihn ausgerechnet mitnehmen sollte. Zur Unterhaltung ganz bestimmt nicht und wegen der Sache damals ... Rocco und mein Vater übertreiben. Über dieses Ding mit dem Koks ist Gras gewachsen .... wortwörtlich. Da denkt keiner mehr dran. Weder die Sons noch die Undergrounds. Nur ich ... jeden verfickten Tag!

In die nächste Straße biege ich ein und parke vor einer Bar, die erst seit Neusten wieder einen Besitzer gefunden hat.

Man sieht uns nicht gerne in Clubs, die nicht den SOS gehören. Aber es ist immer gut, die Konkurrenz im Auge zu behalten. Sagt Rocco. Also warum nicht einen letzten Drink im Coconut nehmen? Und wer weiß, vielleicht gibt es da eine, die ich abwerben kann.

Die Harleys parken wir auf der gegenüberliegenden Seite. Rocco wird nicht begeistert sein. Nur eine habe ich ... und es ist die Frage, ob die überhaupt morgen auf dem Clubgelände erscheint. Eigentlich widersteht mir keine Fotze. Jede kriege ich rum. Wenn ich es will.

Der Mexikaner folgt mir schweigsam. Weichgespülte Scheiße hört man, noch bevor ich die Tür aufgezogen habe. Musik, die so gar nicht nach meinem Geschmack ist. Schließt man die Augen, hat man einen lausigen Porno im Kopf.

Der Laden ist gut besucht. Die meisten Tische sind belegt. An der Bar sind noch ein paar Hocker frei. In der Mitte schlängelt sich ein nacktes blondes Weib um eine Stange. Nur mit Höschen bekleidet, heizt sie den Männern ein, die um sie herum stehen und versuchen, sie anzutatschen.

Heute Nacht werde ich mir auch eine nehmen und die neue Matratze auf meinem Bett einweihen. Nichts geht über einen guten Fick.

»Einen Doppelten!«, rufe ich der Bedienung zu und sehe Chili fragend an.

»Tequila«, sagt er.

War ja klar ...

Das Lächeln ist bei der Barschlampe verschwunden. Sie weiß, was wir für Typen sind. Die Bewohner von Broken Arrow fürchten uns. Verstehen, tue ich es nicht. Wir sorgen für Sicherheit. Verbrechen gibt es kaum in dieser Stadt. Und die, die geschehen, an denen sind wir beteiligt.

Sie stellt uns unsere Drinks vor die Nase. Weil es ohnehin nicht zu einem Gespräch kommt, setze ich mich so, dass ich die Fotze an der Stange sehen kann. Zwei Männer rempeln mich und Chili an und gerade, als ich die zurückschubsen will, halte ich inne. Sie haben nur Interesse daran, mit zwei Nutten nach oben zu gehen. Dort gibt es Zimmer. War schon beim Vorbesitzer so. Chili schaut den Männern nach, während ich wieder den Blick auf die Tänzerin richte. Irgendetwas kommt mir bekannt vor ... und ich kann nicht mal sagen was. Vielleicht ist es das, dass sie mich an Alec erinnert ... wegen der blonden Haare. Scheiße

Mann, so viele sind blondhaarig. Alec geistert jeden Tag durch meine Gedanken.

Die Tänzerin ist stoned. Ihre langen blonden Haare hängen ihr strähnig im Gesicht. Ihre kleinen Titten wippen zur Musik und zu den Bewegungen, die sie an der Stange macht. Das Gesicht der Kleinen kann ich nicht erkennen. Aber ihr Body gefällt mir. Eine Spur zu dünn. Ich habe gerne etwas zu packen. Aber sie soll mich nur anmachen. Mehr will ich nicht. Der Bohnenfresser spricht ohnehin nicht. Und was soll man anderes in dieser Bar machen, außer saufen und sich aufgeilen?

Hoffentlich lassen mir die anderen SOS noch eine Fotze übrig, wenn ich gleich ins Clubhaus komme. In einem Zug leere ich mein Glas und ordere noch einen Doppelten. Die Männer grölen der kleinen Tänzerin zu. Immer mehr Hände sieht man auf ihrem Body kleben. Einige sind auf die Fläche gegangen, die nur ihr vorbehalten sein sollte.

Ich recke mich etwas, erkenne, dass sie ihr das Höschen entreißen. Die Bedienung schüttelt darüber den Kopf. Aber helfen tut sie der Kleinen auch nicht. Chili hat seinen dritten Tequila intus und nickt mir zu. Was es heißen soll, weiß ich nicht. Entweder: Lass uns nen Abflug machen oder ...

»Entscheide dich, Welpe!«

»Was?«, hake ich nach.

»Entweder fahren wir jetzt oder du hilfst der Kleinen auf der Tanzfläche. Darüber denkst du doch nach, oder?«

»Ähm ...« Ich schüttele den Kopf und trinke vom Whiskey. Im Spiegel des Flaschenregals hinter der Theke sehe ich das Treiben der Männer. Sie alle wollen sie. Könnte sein, dass sie gleich gefickt wird. Es ist doch immer dasselbe. Zwei halten sie vermutlich fest, einer steckt seinen nach Fisch stinkenden Schwanz in ihre Muschi, bringt es zu drei, vier Stößen, ehe der nächste sich ihrer Fotze annimmt.

»Entscheide dich endlich, Wolf!«, höre ich Chili sagen.

Nickend erhebe ich mich und drehe mich um. Nur kurz lasse ich die Knochen meiner Finger knacken, packe einige der Männer, die zusehen, und reiße sie zur Seite.

Ich habe förmlich drauf gewartet, dass sich mir einer in den Weg stellt und so kommt es. Respekt habe ich nur vor meinem Pres. Vor keinem anderen. Aber der Wichser, der sich vor mir aufbaut, ist riesig. Bevor er reagieren kann, landet meine Faust auf seinem Kiefer. Nur kurz schüttelt er den Kopf, ehe er ausholt und ich leider nicht schnell genug bin, um dem Schlag auszuweichen.

Alter. Das hat gesessen.

Mich hat es zurück an die Theke geschleudert. Ein Blick zur Seite zeigt, dass Chili dasitzt und seinen vierten oder fünften Tequila kippt. Nur kurz sieht er mich völlig ruhig an, ehe er wieder nach vorne schaut und der Schlampe hinter der Theke zunickt.

Ich will ihn anschreien. Will sagen, dass der verfickte Beaner mir endlich zur Hilfe kommen soll, doch ich kann nicht mehr, weil sich gleich drei Typen vor mir aufbauen. Ehe ich noch einen klaren Gedanken fassen kann, bin ich nur noch dabei, mich massiv zu wehren. Wie oft ich getroffen werde, kann ich nicht sagen. Aber auch die Pisser müssen einige Schläge von mir einstecken.

Noch länger darauf zu hoffen, dass sich Chili endlich bequemt, mir zu helfen, will ich nicht. Da kommt es mir gelegen, als einer der Wichser eine Knarre aus seinem Hosenbund ziehen will. Ausnahmsweise bin ich schneller und feure direkt einen Schuss in die Decke ab. Und siehe da, nach dem ersten Aufschrei habe ich endlich die Aufmerksamkeit aller im Raum.

Mit der freien Hand zeige ich auf die Tänzerin. »Sie gehört mir. Also, wenn ihr nicht wollt, dass ich einen von euch Arschlöchern ins Jenseits befördere, bringt ihr mir die Fotze schnell her. Kapiert?« Aus dem

Augenwinkel sehe ich, dass Chili zumindest aufgestanden ist. Ohne die Fratzen aus dem Blick zu lassen, gehe ich um die Theke herum und spreche die Bedienung an.

»Ausziehen und der Tänzerin deine Klamotten geben!«

»Was?«

»Runter mit den Klamotten!«, schreie ich, stelle mich hinter sie und halte ihr die Knarre an die Schläfe. Einer der fetten Säcke hat die Kleine gepackt, eine Hand von ihm liegt auf einer ihrer Titten. »Nimm die Hand von meinem Fleisch!«, warne ich ihn.

Die Bedienung zieht sich langsam aus. Zumindest hat auch Chili seine Knarre gezogen. Und vielleicht kann ich jetzt auf seine Hilfe hoffen. Die Kleine kriegt nichts mit. Sie ist so zugedröhnt, dass sie immer weiter zu tanzen versucht. Als sie in meiner Nähe ist, packe ich sie am Arm fest und ziehe sie zu mir. Und der erste Blick in ihr Gesicht lässt mich kurz erschrocken zurückweichen.

Kapitel 7

nightbird

Bunte Lichter tanzen um mich herum. Mir ist warm. Fast heiß. In meinem Kopf dreht sich alles. Ständig werde ich berührt. Stören, tut mich das nicht. Nichts stört mich. Mir ist alles egal.

Die Lider ganz öffnen, kann ich nicht. Aber irgendetwas ist anders. Nur vage erkenne ich einen Mann, der mich eindringlich mustert. Schwarze Haare, schwarze Augen. Wie der Teufel. Ich muss träumen. Mit einem Mal ändern sich die Augen in ein Eisblau. Mein Geist spielt verrückt und lässt mich Dinge sehen, die nicht wahr sind. Vielleicht ist das so eine Zwischenwelt. Ich träume, bin aber in Wirklichkeit wach. Etwas entfernt sehe ich die Bedienung. Sie ist nackt und schlingt sich einen Arm um ihre üppigen Brüste. Ich mache die Augen zu. Es ist alles so verkehrt, da will ich nicht mehr hinsehen.

Jemand greift nach mir, schiebt mich hin und her. Stoff landet auf meiner Haut und ich wundere mich nicht mal. Vermutlich doch ein Traum. Da ist alles möglich. Also was soll es ... ob angezogen oder nicht, interessiert doch keinen. Ab und zu dringen Stimmen zu mir durch. Die Musik ist weg.

Als ich mit einem Mal kopfüber hänge, möchte ich am liebsten kotzen. Gehört sich aber für einen Nachtvogel nicht, also würge ich das, was an die Oberfläche kommen will, wieder runter oder hoch.

Wen interessiert es?

Erst, als mir kalte Luft ins Gesicht schlägt, atme ich hektisch und tief ein. Selbst die Augen schaffe ich, zu öffnen. Zwei Männerstimmen erkenne ich. Der eine hat einen Akzent. Könnte ein Spanier oder so sein. Der andere hört sich an, wie ich. Nichts Besonderes. Kein starker Dialekt zu hören. Aber eine schöne Stimme hat er.

Meine Füße berühren harten Boden. Ich stehe. Männer diskutieren. Vermutlich darüber, was weiter mit mir geschieht.

Die Undergrounds haben mich gefunden. Werde ich jetzt nach Hause gebracht? Mich zu wehren, hat keinen Zweck. Ich bin wie betrunken. Wanke hin und her, als würde ich die Balance auf einem Floß finden müssen.

Ein Arm schlingt sich um meinen Hals. Drückt zu und lässt mich glauben, auf einem Karussell zu fahren, das immer schneller wird. Der Sog, mich der Schwerkraft hinzugeben, wird so massiv, dass ich nicht mehr dagegen ankomme. Dann wird alles dunkel. Dann wird alles gut. Ich falle in den Abgrund. Das war es.

Nur innerlich erschrecke ich. Ich bin wach geworden. Wenn ich überhaupt zuvor geschlafen habe. Leise und langsam taste ich und erfühle eine Matratze, auf der ich liege. Eine warme Decke schmiegt sich um mich. Wo, verdammt noch mal, bin ich? Es ist auf jeden Fall nicht die Matratze im runtergekommenen Hotel, in dem ich vorerst wohne.

Ich versuche, mich zu erinnern. Nichts weiß ich mehr vom gestrigen Abend. Nur das Vorstellen in einer Bar ist noch präsent und der Name des dicken Inhabers: Thin. Darüber musste ich lachen. Aber ansonsten erinnere ich mich an nichts mehr.

Meine Hand wandert unter der Decke über meinen Körper. Bin ich nackt? Nein. Stoff fühle ich auf der Haut. Es wird Zeit, die Augen zu öffnen, um sehen zu können, in welchem Bett ich gelandet bin. Oh mein Gott ... habe ich etwa ... wurde ich ...

Ruckartig schlage ich die Lider auf und setze mich hin. Mein Blick schnellt durch das Zimmer, in dem ich mich befinde. An der Wand steht eine Couch. Darauf liegt ein Mann. Er sieht mich an, die Hände hinter dem Kopf verschränkt und grinst.

»Du?«, entfährt es mir, ehe ich die Decke noch weiter hochziehe, obwohl ich Kleidung trage.

»Guten Morgen, MilkyWay!« Seine eisblauen Augen mustern mich.

»Was ... Wie bin ich hierhergekommen?«

»Auf meinem Bike!«

Hektisch schwinge ich die Decke zur Seite, blicke kurz an mir hinunter und sehe, dass ich nicht mal meine eigenen Klamotten trage. Die, die ich anhabe, sind mir völlig fremd. »Ich will sofort gehen!«, entfährt es mir, noch ehe ich die Beine aus dem Bett hängen lasse.

»Tu dir keinen Zwang an. Raus auf den Flur, dann links, bis zum Ende, und durch die Haustür ins Freie.«

»Wo ist mein Rucksack?«

»Ach ja. Moment.« Er steht auf, geht gemächlich auf einen der Schränke zu, öffnet und holt ihn hervor. »Hier!« Dann kommt er zum Bett. Sofort nehme ich eine Abwehrhaltung ein. »Hast du Schiss, dass ich dich anpacke?«, fragt er erstaunt und kämmt sich mit den Fingern seine längeren dunklen Haare zurück.
»Hast du doch schon getan, oder?«
»Ich weiß nicht, was du meinst, MilkyWay.«
»Hör auf, mich so zu nennen!«
»Ich habe keinen anderen Namen. Sag mir deinen und ich überlege es mir, dich umzubenennen.«
»Nightbird«, flüstere ich und entreiße ihm noch im Sitzen meinen Rucksack. Hektisch öffne ich ihn und erkenne auf den ersten Blick, dass nichts fehlt.
»Ah. Ein Nachtvogel also.«
»Ja. Was dagegen?«, sage ich zickig und stehe auf. Der Wille, zu gehen, ist da. Die Muskeln meiner Beine machen mir jedoch einen Strich durch die Rechnung. Kraftlos sinke ich wieder zurück auf das Bett. »Was hast du mit mir gemacht?«, flüstere ich. Die Erkenntnis, nicht gehen zu können, obwohl ich es möchte, lässt Tränen in meine Augen treten.

»Wenn du glaubst, ich hätte dich angefasst und gefickt, liegst du falsch! Aber klar, ich hätte es gerne getan.«
»Was?«, frage ich unsinnigerweise.
»Ob es andere Männer in der Bar getan haben, weiß ich nicht.« Er setzt sich genau neben mich. »Aber du könntest mir einen blasen!«
»Was?«, wiederhole ich mich.
»Als Entschädigung für die Milch.«
»Du hast sie nicht mehr alle!« Erneut versuche ich, aufzustehen. Zumindest funktioniert es besser als zuvor.
»Willst du gar nicht wissen, was passiert ist?«
Erst schüttele ich den Kopf, ehe ich selbst merke, wie bescheuert das ist. »Okay.«
»Dann setz dich doch so lange!«, sagt er und sieht mich mit seinen hellen Augen an. Wieder ist das Gefühl von Hunger absolut verschwunden. Seinem muskulösen Oberkörper schenke ich erst jetzt Beachtung. Langsam nehme ich auf dem Bett Platz, lasse aber bewusst einen gewissen Abstand zu ihm.
»Du hast nackt getanzt! Hast getan, als wäre die Stange ein Mann. Und hast damit die ganzen Arschlöcher im versifften Coconut heißgemacht. Also danke mir lieber. Wäre ich nicht da gewesen, hätten

dich vermutlich an die zehn Schwänze gefickt und du hättest heute das Gefühl, nicht mehr leben zu wollen!«

Ich starre zu Boden und versuche, mich zu erinnern. »Ich habe eine Coke ...«

»Man hat dir irgendeine Droge verabreicht. Macht man oft. Und kleine Mädchen, wie du eins bist, benehmen sich dann wie Nutten, die jahrelang im Geschäft sind. Arbeite lieber für uns! Klar machst du auch bei uns die Beine breit, aber wirst dafür gut bezahlt und stehst unter unserem Schutz.« Schutz hört sich verdammt geil an. Den könnte ich gebrauchen, damit die Undergrounds mich nicht finden.

»Zu welchem MC gehörst du?«, frage ich.

»Wie kommst du drauf, dass ich zu einem MC gehöre?«

»Du hattest zwar keine Kutte im Laden an, aber ich bin mir sicher, du bist ein Biker. Ich kann es riechen. Glaube es mir.«

»Sons of Silence. Schon mal gehört?«

Sekunden vergehen, in denen ich nicht mal fähig bin, den Mund zu schließen. Mit einem Mal kann ich ihm sogar gut in seine Eisaugen sehen. Und endlich schaffe ich es, etwas zu sagen.

»Ich ... Ich muss sofort gehen! Sofort. Sonst seid ihr auch dran!«

Kapitel 8

Wolf

»Immer mit der Ruhe, MilkyWay. Was meinst du mit, dann sind auch wir dran?«
Schritte ertönen und selbst am Gang erkenne ich meinen Pres. Die Kleine reißt ihre hübschen Augen noch weiter auf und sieht erschrocken zur Tür. »Wer ...«
»Mein Boss.« Mehr brauche ich nicht sagen, denn ruckartig schwingt die Tür auf und Rocco kommt ins Zimmer. Sein Ausdruck sieht gefährlich aus. Ich kenne ihn, wenn er den Kiefer bis zum Zerreißen angespannt hat.

Ohne zu zögern, kommt er zum Bett und packt der Kleinen in ihre langen blonden Haare. Daran festhaltend zieht er sie vom Bett hoch. Sie schreit auf. Immer wieder ruft sie ›Entschuldigung‹. Auch ich erhebe mich und schaue Rocco irritiert an. »Sehr nett, wer uns hier ins Netz gegangen ist!« Er richtet den Zeigefinger auf mich. »Du verdammter Wichser sollst aufpassen! Hat dir Ice das nicht gesagt?«

»Was soll mir mein Dad gesagt haben?«

»Weißt du, zu wem die Fotze hier gehört?«, schreit er. Ich bin versucht, ihm zu sagen, dass ich nicht schwerhörig bin. Aber ich habe nur Augen für Nightbird.

»Sie ... Sie war im Coconut und ich habe entschieden ...?«

»Was hast du Wichser entschieden? Hmm? Was? Entschieden, einen verfickten Spitzel in unsere Reihen zu lassen?« Ich will etwas sagen, aber mir fällt nicht ein, was. »Du bist tot, Junge! Du bist tot und ich kann dann dein Abkratzen Ice erklären!«

»Sir ... Sie tun mir ...«, fängt die Kleine an und versucht, ihren Körper so zu winden, dass es für sie angenehmer ist. Den Kopf hält sie unnatürlich verdreht.

»Was hat Dad mit ihr zu tun?«

Rocco sieht mich an und grinst. Ein abgefucktes Grinsen ... »Soll ich dir sagen, wer das hier ist?« Er greift mit der anderen Hand an die Kehle von Nightbird und ich muss gestehen, bisher habe ich noch kein Weib gesehen, das so eine Angst hat, wie sie in dem Moment. Und es stört mich, weil ich das Gefühl habe, auf sie aufpassen zu müssen. »Was ist, Schlampe? Willst du es Wolf sagen?«

»Wolf?«, röchelt sie fragend und bricht in Tränen aus. »Es tut mir leid«, schluchzt sie immer und immer wieder.

»Wer bist du?«, frage ich sie sogleich und trete einen Schritt auf sie zu.

Rocco lockert seinen Griff um ihren Hals. »Nightbird. Das ... Das habe ich dir doch schon gesagt!«, schreit sie heulend.

Rocco lacht. »Nightbird. Sehr niedlich, wirklich. Darf ich dir vorstellen, Wolf? Das ist Indi ... die Tochter von Mood.«

Mir verschlägt es wieder die Sprache. Entsetzt sehe ich sie an und entdecke unzählige Details, die ihre Herkunft verraten. Und ja, sie hat Ähnlichkeit mit Alec.

»Fuck.«

»Das ist alles, was du dazu sagst? Fuck, Wolf?« Er lässt die Kleine los und schubst sie auf das Bett. Dann zieht er seine Knarre und drückt sie gegen ihre Stirn.

»Warte, Rocco. Lass sie doch erst mal ...«

»Halts Maul, Junge. Wer hat dich geschickt, Indi? War es Mood? War es Grane?

Warte, mir fallen bestimmt noch ein paar Namen von den verfickten Undergrounds ein.«

»Mich hat keiner geschickt. Es hat keiner ... Ich bin weggelaufen«, sagt sie. Die Augen hat sie geschlossen.

»Warum bist du weggelaufen?«, frage ich sie und würde am liebsten meinem Pres die Anweisung geben, die Scheißknarre einzustecken. Jetzt öffnet sie die Augen und sieht mich zickig an.

»Weil es mich angekotzt hat, all die Jahre wie in einem Käfig leben zu müssen, weil ein Arschloch vor einiger Zeit meinte, meinen Bruder vergiften zu müssen. Deshalb bin ich weggelaufen. Hätte ich gewusst, dass du dich in Oklahoma aufhältst, glaub mir, Son, ich wäre nie und nimmer in diese Scheißstadt gekommen!«

Ich hole Luft und will ihr daraufhin etwas sagen, aber Rocco kommt mir zuvor. »Zieh dich aus, Weib! Tust du es nicht, blase ich dir den Kopf weg, kapiert?«

»Was?«, fragt sie und sieht dabei den Pres an.

»Warum Rocco?« Mehr fällt mir nicht ein.

»Indi, oder von mir aus auch Nachtvogel, fang an, sonst reiße ich sie dir vom Leib!«

»Vater hatte recht. Ihr seid alle Wichser. Dreckige miese Wichser!«, brüllt sie und ich? Ich muss darüber fast grinsen ... wäre da nicht die Sache mit ihrem Bruder. Nimmst du mir einen, nehme ich dir einen. Mood hat nur ein Ziel im Leben: Mich finden und töten. Rache ist das Einzige, was für ihn zählt.

Nightbird beginnt, sich auszuziehen. Dafür hat Rocco die Knarre ein Stück zurückgezogen. Noch immer hält er sie auf ihren Kopf gerichtet. »Hol Handschellen, Wolf!«, sagt er monoton.

»Wofür?«

»Verpiss dich und hol Handschellen!«, schreit er.

Nickend verlasse ich das Zimmer. Wenn Rocco so eine Scheißwut hat, lege ich mich nicht mit ihm an. Hätte auch keinen Zweck. Der einzige Mensch, der es schaffen würde, ihn zu besänftigen, ist Violet. Aber die will ich jetzt nicht auch noch mit reinziehen. Davon ganz abgesehen, würde ich mir dann von ihm eine fangen, weil ich sie gerufen habe. Ich bin am Arsch. So oder so. Entweder bringt mich Rocco um, weil ich es auf die Spitze treibe, oder Mood. Dann würde ich ehrenhaft sterben und für Alec ins Gras beißen. So einfach ist das. Aber jetzt die Kleine zu foltern, in dem er sie hier festhält, ist absolute Kacke! Hätte sie mich erkannt, hätte sie ihre Leute rufen können, als wir uns im Laden begegnet sind. Sie ist ahnungslos. Alec hat manchmal von ihr erzählt. Er meinte, sie sei *sein* absoluter Augapfel. Seine Prinzessin. Ich kann mir vorstellen, dass Mood sie wie in einem Käfig gehalten hat. Den Nachtvogel ... den man nicht einsperren kann. Jetzt muss sie hierbleiben. Hier, mit dem Mörder ihres älteren Bruders. Dabei war es nur ein beschissener Unfall. Nichts weiter.

Schnell finde ich Handschellen und sogar einen Ersatzschlüssel, den ich in meiner Hosentasche verschwinden lasse. Soll Rocco mir auf die Schnauze hauen. Ich werde sie gehenlassen. Sie kann nichts dafür, was ich vor zwei Jahren getan habe ... was Alec und ich getan haben.

Als ich zurück in mein Zimmer kehre, kann ich nur noch mit dem Kopf schütteln. Natürlich tue ich es so, dass Rocco es nicht sieht. Die Kleine sitzt nackt auf dem Bett. Nicht mal ihr Höschen trägt sie ... vielmehr das Höschen der Bedienung aus dem Coconut.

Mein Pres hält die Hand auf. »Her damit!«, sagt er laut.

Nickend gebe ich ihm die Handschellen. »Hier. Tu was du für richtig hältst«, entfährt es mir. Jetzt ist Rocco derjenige, der mich nickend ansieht. »Was ist mit deinem Gesicht passiert?«

»Ich habe eine auf die Fresse gekriegt«, sage ich und beobachte sie aus dem Augenwinkel.
»Für sie?«
»Ja.«
»Du Vollidiot, Wolf. Warum?«
»Weil ... Weil sie sonst von fetten Säcken gefickt worden wäre, und ich empfand sie als zu schade dafür!«
»Ich habe dir die Aufgabe gegeben, Fotzen für unsere Clubs zu besorgen und das hier schleppst du mir an? Hmm?«
»Nur eine hat zugesagt. Der Ruf eilt uns voraus. Wir sind nicht mehr ganz so hoch im Kurs bei den Einheimischen. Ist so.«
»Das ist mir scheißegal, Wolf. Tut dir der Kiefer weh?«
Ich fasse mir auf die Wange. »Etwas«, sage ich und weiß eigentlich schon, was passiert. Rocco umfasst mit seiner Linken den Griff der Knarre, richtet die weiterhin auf Nightbird und holt aus.
Es ist der Respekt vor ihm, der mich stehen bleiben lässt. Der nicht mal den Reflex zulässt, mich zu wehren. »Jetzt tut er richtig weh, oder?«
»Ja Pres«, bringe ich hervor und kämpfe dagegen an, die Tränen zuzulassen. *Was für eine verfickte Scheiße hier!*
»Komm her!«, schreit er. Ich gehe auf ihn zu, ducke mich, als seine Hand vorschnellt

und erkenne, dass er eine der Schellen an meinem Handgelenk befestigt, die andere um ihres.

»Rocco?«, bringe ich hervor.

»Ihr bleibt so lange hier, bis ich mit Ice entschieden habe, was wir tun werden.«

»Es ... Meine Leute wissen nicht, dass ich hier bin. Mein ... Mein Vater weiß es nicht. Es ... Es geht keine Gefahr von mir aus. Keiner muss Angst haben.«

Während Rocco laut lacht, sehe ich sie mit schräggelegtem Kopf nur an. Sie ist mutig.

Kapitel 9

nightbird

Gibt es solche Zufälle? Doch nur in Büchern oder Filmen ... aber nicht in der Wirklichkeit. Das kann doch nicht sein. Alles ist ein Zufall. Ein verdammter Zufall. Als würde jemand es lenken, weil es nicht richtig von mir war, wegzulaufen.

Diese seltsamen Ereignisse sorgen sogar dafür, dass ich mich nicht schäme. Ich sitze auf der Bettkante, vollkommen nackt. Dieser Rocco steht noch immer vor mir und sieht auf mich herab. Die Waffe hat er wieder in den Hosenbund gesteckt. Ach ja. Und Wolf ist mit mir verbunden. Sein lin-

kes Handgelenk mit meinem rechten. Ein Albtraum ist es ... und doch hat der Nachtvogel seinen Wolf gefunden.
Nennt man das Schicksal?
»Du wolltest doch ficken, Wolf. Bitte! Bediene dich an der Kleinen! Was anderes bekommst du nicht!«, sagt der Präsident der Sons of Silence und verschwindet aus dem Zimmer.
Was nun?
»Danke, dass du mich in der Bar vor den Männern gerettet hast«, sage ich leise. Wolf starrt zu Boden und fasst sich mit der freien Hand an den Kiefer. Der Pres der SOS hat hart zugeschlagen und Wolf hat nicht mal versucht, sich zu wehren oder zumindest den Schlag abzuwenden.
»Kein Thema. Allerdings denke ich, es wäre besser gewesen, dich von den Säcken ficken zu lassen, als hier zu landen.«
»Du hast mich mitgenommen.«
»Ja. Weil ich nicht wusste, wer du bist.«
»Jetzt weißt du es. Und ich weiß jetzt, wer du bist.«
Wolf erhebt sich kurz, ergreift die Überdecke, die auf dem Bett liegt und legt sie mir um. Dafür regiert er vollkommen über meine rechte Hand. Als der Stoff mich umhüllt, stellt sich fast so etwas wie eine Wohltat ein. »Hast dich vermutlich oft gefragt, was genau mit deinem Bruder ge-

schehen ist, oder?«, fragt er und nimmt wieder Platz.

»Na ja. Bei uns hieß es immer, du hättest ihm den goldenen Schuss gesetzt.«

»Habe ich auch.«

Mein Kopf schnellt in seine Richtung. »Was? Wieso?«

»Weil Alec es wollte.«

»Was wollte er?«, zische ich und sehe ihn vorwurfsvoll an.

»Er hat darum gebettelt. Wir waren beide drauf. Er mehr als ich und ...«

Verbittert hebe ich die Hand. »Reicht mir. Danke.«

»Gut. Dann kennst du jetzt die Wahrheit.«

»Die kannte ich vorher schon!«

Eine Weile sitzen wir schweigend auf dem Bett. Wolf denkt vermutlich daran, was sein Pres jetzt in die Wege leitet, ich überlege, wie ich flüchten kann. Mit den Handschellen an ihn gebunden, eine fast unlösbare Aufgabe. Aber nur fast ...

»Alec war mein Freund, Nightbird«, flüstert er mit einem Mal. »Auch wenn das keinen Wichser interessiert hat. War aber so.«

»Dann hättest du ihn retten müssen.«

»Wir waren beide drauf. Da kann man keinen retten.«

»Es gab einen Zeugen!«

»Ich weiß.«

»Und der hat gesehen, wie ihr gekämpft habt.«

»Ja. Um das Heroin, das wir noch hatten.«

»Und du hast gewonnen ...«

»Nein. Dein Bruder hat gewonnen.«

»Es wäre besser gewesen, es hätte dich erwischt.« Wolf schweigt. »Gut. Also bist du mir schuldig, mich loszumachen und mir zu helfen, hier rauszukommen. Es war ganz bestimmt nicht meine Absicht, hier zu landen.«

»Das glaube ich dir. Aber ich kann dich nicht losmachen.«

»Weil ...?«

»Weil ich keinen Schlüssel habe. Den hat mein Pres. Und glaube mir, Nightbird oder Indi, er wird ihn uns nicht geben. Uns bleibt nur eins ...«

»Ja?«, frage ich hoffnungsvoll.

»Uns aufs Ohr zu hauen und zu schlafen. Ich bin müde.«

Meine Hoffnung schwindet. Ich werde aus diesem beschissenen MC nicht rauskommen. So sieht es aus. Mein Weg in die Freiheit sollte eigentlich anders verlaufen. Warum musste ich ausgerechnet Oklahoma als schön empfinden? Warum zum Teufel auch noch Broken Arrow? Jetzt ist es zu spät, sich über das Schicksal Gedanken zu machen.

Erschrecken kann ich nicht, als Wolf aufsteht, mich packt und zwingt, mich hinzulegen. Ich habe das Gefühl, nichts kann mich mehr erschrecken. Als wäre da ein Gedanke in mir, der sagt: Es ist vorbei. So oder so. Ob du dich nun erschreckst oder nicht. Was macht das noch für einen Unterschied?

Er schlägt die Bettdecke zurück und zeigt auf die Matratze. »Ist neu«, sagt er.

»Na und? Interessiert mich nicht.«

»Eigentlich wollte ich die Matratze heute Nacht einreiten.«

»Du willst ne Matratze reiten? Ist ja lächerlich«, entfährt es mir, als wir beide liegen. Wolf schwingt die Decke über uns. Die Überdecke behalte ich trotzdem sorgfältig auf meinem Körper.

»Wenn du weiterhin so frech zu mir bist, nehme ich deinen Körper und reite ihn ein. Verstanden?«

»Brauchst du nicht mehr. Er ist bereits eingeritten und ich behaupte mal, ziemlich gut. Also du würdest nicht mithalten können. Es gab bessere vor dir.«

»Ich überlege, ob du mutig oder dumm bist.«

Lachend drehe ich den Kopf in seine Richtung. »Wieso dumm?«

»Du nimmst den Mund ganz schön voll, MilkyWay.«

»Ich lasse mir ungern etwas vorschreiben.«

»Bei deinem Dad hast du es getan. Selbst als Alec noch gelebt hat.«

»Ja. Weil mein Bruder ein Junkie war. Deshalb musste ich ständig unter Beobachtung stehen. Aber damit ist jetzt Schluss.«

»Das denke ich nicht«, flüstert er.

»Warum?«

»Ich könnte mir vorstellen, dass Rocco und Ice einen Deal machen und sie dich Mood nur dann ausliefern, wenn die Sache mit mir bereinigt ist.«

»Die Sache wird nie bereinigt sein, Wolf. Mein Dad lebt das Motto: ›Was du mir nimmst, nehme ich dir‹. Und du hast die verdammte Spritze angesetzt! Auch dafür gab es einen Zeugen. Vergiss das nicht.«

»Wie könnte ich das vergessen«, murmelt er und als ich erneut den Kopf drehe, ist er schon dabei, einzuschlafen.

Ich bin mir sicher, dass er einen Ersatzschlüssel in der Hosentasche hat. Ganz gewiss sogar. Also warte ich, bis er tief und fest schläft. Dann hole ich mir den und verschwinde hier. Ein guter Plan ... eigentlich ... aber ich bin selbst unendlich müde. Hinzu kommt, dass ein warmer und sehr attraktiver Körper neben mir liegt und mir die Augen von ihm jetzt erst recht nicht mehr aus dem Kopf gehen. In diesem eisigen Blau kann man sich verlieren. Ich erinnere mich, dass Alec manchmal von ihm erzählt hat. Er mochte ihn ... und ich habe meinem Bruder an den Lippen geklebt, wenn er von Wolf sprach.

Immer wieder kämpfe ich dagegen an, dass mir die Lider zufallen wollen. Irgendwann höre ich Wolf ruhig atmen. Ein Blick in sein Gesicht zeigt, dass er schläft. Wenn ich flüchten will, dann wäre jetzt die Chance dazu. Mit einem Mal bin ich hellwach. Mein Puls steigt rasant, als ich mit der linken Hand über mich greife und so sanft ich kann, an seiner Hosentasche herumfummele. Ich fühle ihn. Fühle einen kleinen Schlüssel. Wusste ich es doch. Das Problem? Mit der linken Hand in seine rechte Hosentasche greifen. Dass ich inzwischen halb auf ihm liege, bemerke ich erst, als es schon zu spät ist.

»Willst du ihn anfassen oder was machst du hier?«

Den Schlüssel will ich gerne berühren ... und ihn? Auch irgendwie. Scheiße ...

Meine Hand hält er inzwischen fest, sodass ich mich nicht mehr von ihm runterrollen lassen kann. Aus der Nummer komme ich nicht mehr raus. Und ich möchte es auch gar nicht. Warum nicht die Zeit anhalten und einfach leben? Warum nicht meinem Vater den Mittelfinger zeigen und mir denken, ich bin frei. Ich kann tun und lassen, was ich möchte. Scheiß drauf ...

Mein Blick gleitet zu seinen Augen. Kein Grinsen zeichnet sich bei ihm ab. Nichts. Wir sehen uns nur an, schauen uns ab und zu auf den Mund und warten wohl beide darauf, dass der andere dieses ... was auch immer es ist, beginnt.

Es ist nicht mal überlegt, als ich mein Bein über seine lege und etwas nach oben rutsche. Beinahe berühren sich unsere Lippen. Und dachte ich zuerst, er ist ein verschissener Biker, so zeigt er jetzt eine ganz andere Seite.

»Ich höre gerade Alec knurren. Ob du es glaubst oder nicht«, nuschelt er.

Ich weiche etwas zurück. »Warum?«

»Weil ich mit seiner Schwester gleich unanständige Sachen machen werde. Weil ich der beste Reiter bin. Glaub es mir, MilkyWay!«

Nur kurz beiße ich mir auf die untere Lippe. »Zeig es mir«, flüstere ich und ich habe noch nicht ganz ausgesprochen, da liege ich auf dem Rücken und er auf mir.

Kapitel 10

Wolf

Ihr zu widerstehen? Geht nicht. Gedanken auf anderes lenken? Verfickt noch mal, geht auch nicht. Sie ficken wollen? Oh, aber so was von!

Mit dem Knie spreize ich ihre Beine und schiebe mich dazwischen. Die Überdecke ist längst zur Seite gerutscht und es fehlt nur noch, meine Hose zu öffnen und meinen Schwanz aus seinem Knast zu entlassen. Und doch muss ich zugeben, dass mich etwas zurückhält. Es ist Alec, der das tut. Es ist die Vorstellung, er sieht uns. Für sie hätte er getötet. Hat er mir so oft damals verklickert. Und aus einem guten Grund hat er sie mir nie vorgestellt. Wenn ich sie jetzt betrachte, weiß ich, warum er das nicht getan hat. Sie ist verfickt noch mal die geilste Braut, die ich je gesehen habe. Und wir teilen etwas ... wir sind beide Kanadier. Sie ist perfekt. Nur etwas überschattet all das Schöne an ihr. Mood ... Ihrem Vater möchte ich nicht begegnen. Würde dies geschehen, wäre ich binnen Sekunden tot. Der knallt mich ab, ohne mit der Wimper zu zucken. Und jetzt nehme ich mir auch noch sein kleines Mädchen.

Fuck ... aber ich kann nicht widerstehen.

Längst schon steckt meine Zunge in ihrem Mund und liefert sich einen wilden Tanz mit ihrer. Meine Hose spannt so massiv, dass ich das Gefühl bekomme, jeden Moment platzt mir der Latz.

Und als ich ihre Fingerspitzen spüre, wie sie den Gürtel lösen, anschließend die Hose öffnen und vermutlich nur versehentlich an meinem Schaft entlangstreifen, muss ich tatsächlich die Zähne zusammenbeißen. Bei ihr fällt es mir leicht, zum Schuss zu kommen ... und ich hab ihn noch nicht mal reingesteckt.

Mit einer Hand ziehe ich mir die Jeans nach unten, die Boxer gleich mit und stütze mich, so gut es geht, auf dem linken Unterarm ab. Sie stöhnt schon jetzt, obwohl noch nichts passiert ist. Ich finde es geil. Absolut geil.

»Leg die Hand nach oben, Nightbird«, flüstere ich ihr ins Ohr. Sofort tut sie es und zieht meine Hand mit sich. Wenigstens etwas kann ich mich abstützen und habe gerade mal Platz, ihn zu packen und ihre heiße Muschi zu erobern.

Der erste Stoß fühlt sich wie der Himmel an. Mit geschlossenen Augen genieße ich den Fick, lausche ihrem Verlangen, das sie mit einem lauten Atmen verkündet. Egal, dass ich mich über den Vogel geärgert habe ... Egal, dass sie die Schwester von Alec ist ... Egal, dass Mood mich killen will. Alles tritt in den Hintergrund. Ich ficke hart. Ich ficke und will zum Schuss kommen. Scheißegal, ob die Fotze unter mir Freude daran empfindet. Bei ihr löst sich alles in Luft auf. Alles ist mit einem Mal anders.

Unsere Hände, die durch die Handschellen verbunden sind, verschränken sich ineinander. Wir sehen uns an und noch nie empfand ich Augen als so schön, wie es ihre sind. Tatsächlich erinnern sie an Vogelaugen. An grüne Vogelaugen.

Sie schlingt ihre Beine um meine Hüfte. Noch tiefer darf ich sie genießen. Mein Sack zieht sich zusammen, weil sie mit einem Mal so eng wird. Auf ihrer Stirn glänzen erste Perlen. Nightbird legt den Kopf in den

Nacken und ist für Sekunden still und ich spüre, wie sie gewaltig kommt. Und mit der Erkenntnis spritze auch ich ab und weil es so intensiv ist, entfährt mir ein Knurren.

Vorsichtig lege ich mich ganz auf sie. Meine Lippen pressen sich an ihren Hals und wir brauchen wohl beide einige Minuten, um wieder klar im Kopf zu werden. »Wären die Handschellen nicht gewesen, ich hätte gerne noch andere Dinge mit dir angestellt.«

»Welche?«, höre ich sie flüstern.

»Alles. Ich hätte alles von dir haben wollen.«

»Alles Körperliche nehme ich an.«

Was noch?

»So oder so sind wir am Arsch.«

Sie lacht. »Wieso bist du am Arsch?«

»Mood wird dich finden und direkt zu mir führen. Da kann Rocco tausendmal meinen Vater anrufen. Es wird nichts ändern.«

»Wer weiß«, höre ich sie leise sagen. »Ice ist ein starker Mann!«

»Du kennst meinen Dad?«

»Ja. Er war oft bei uns gewesen.«

Ich setze mich etwas auf und spüre im gleichen Moment, wie sie mich nach unten drückt und ihren Kopf erneut auf meine Brust bettet. »Die SOS und die Undergrounds?«

»Unvorstellbar, oder?«

»Ja.«
»Sie haben häufig Geschäfte gemacht. Dein Dad war bei uns immer gerne gesehen. Ich weiß noch, er hat mir mal einen Wolf aus Holz geschnitzt. Den habe ich heute noch«, sagt sie lachend.
»Einen Wolf?«
»Ja. So eine kleine Figur. Der Wolf sitzt und hat den Kopf im Nacken liegen. Er heult.«
»Er ruft sein Rudel.«
»Oder seine Liebe.«
Einige Zeit ist es still. Instinktiv lausche ich, ob ich Schritte von Rocco vernehme. Wie spät, vielmehr, wie früh es ist, weiß ich nicht. Draußen ist es noch immer absolut finster. Anhand ihrer Atmung spüre ich, dass sie ein Gähnen unterdrückt. »Vielleicht sollten wir einfach ein paar Stunden schlafen. Rocco weckt uns bestimmt.«
»Dein Pres, der dir auf die Schnauze gehauen hat.«
»Ja. Hat ziemlich gesessen, der Schlag.«
»Und trotzdem folgst du ihm?«
»Nein. Das hier ist nicht mein Chapter. Oklahoma ist nichts für mich.«
»Mir gefällt es hier.«
»Lieber Kanada«, sage ich und ziehe sie enger zu mir. Das Metall drückt sich in mein Handgelenk und diese Einschränkung kotzt mich jetzt schon an. Aber es

hätte schlimmer sein können. Genauso gut hätte Rocco mein Handgelenk mit ihrem Fußgelenk verbinden können. Das wäre echt scheiße gewesen.

Kapitel 11

nightbird

Eine Weile liegen wir nur da und schweigen. Erst nach Minuten der Stille fällt mir wieder ein, dass ich fliehen will. Dass nur der Schlüssel in seiner Hosentasche für mich wichtig sein sollte. Und natürlich das Warten, bis er tief und fest schläft. Doch in diesem Augenblick genieße ich einfach die Nähe ... obwohl er ein fremder Mann ist. Immer häufiger muss ich ein Gähnen unterdrücken. Wäre die Situation nicht die, die sie nun mal war, ich würde mich eng an ihn kuscheln, die Augen schließen und schlafen.

»MilkyWay?«
»Hmm?«, frage ich, ohne mich am Namen, den er mir gegeben hat, zu stören.
»Ich muss pissen.«
»Kannst du nicht einhalten?«
»Nein.«
»Und jetzt?« Ich richte mich etwas auf und sehe ihn an.
Lässig und grinsend hebt er seine Linke, die mit meiner Rechten verbunden ist. »Tut mir leid, Kleines. Aber du musst mitkommen.«
»Na super. Nichts lieber als das«, entfährt es mir sarkastisch. Umständlich stehen wir auf. Wolf zieht sich notdürftig die Hosen hoch, reicht mir die Überdecke und hilft mir, sie so umzulegen, dass mich nicht unbedingt ein anderer Son nackt sieht.
Ich sehe es nur aus dem Augenwinkel, dass etwas Silbernes zwischen den Decken auf dem Bett hervorblitzt. Ohne nachzudenken, greife ich danach, tue so, als würde ich die Überdecke zurechtrücken. Den kleinen Ring mit einem Minischlüssel daran, verstecke ich in meiner Linken.
»Hoffentlich begegnen wir keinem«, sage ich leise.
Es tut mir leid, mein Wolf, aber ich muss gehen. So schütze ich dich und mich ...
Wir sind eine schlechte Konstellation. Vielleicht war es nur das Verlangen, noch

mal Sex zu haben. Einvernehmlichen meine ich damit. Einen Son zu treffen und ihn gleich so gut zu finden, dass man glaubt, die Zeit anhalten zu müssen, gibt es in Wirklichkeit nicht. Da spielen andere Dinge eine Rolle. Fremd ist er mir ja irgendwie nicht. Alec hat oft von ihm erzählt. Sie haben lustige Sachen gemacht. Sind von der Wolfsklippe gesprungen. Von der sich sonst niemand zu springen getraut hat. Ich erinnere mich daran, dass ich gebettelt habe, doch mitkommen zu dürfen. Gesprungen, wäre ich auch. Aber Alec hat das immer abgelehnt. Er wollte nicht, dass seine kleine Schwester sieht, dass er den Drogen verfallen war. Wolf war es auch gewesen. Ich weiß es genau ... Ist er es noch?

Wir verlassen das Zimmer. Ein langer Flur tut sich auf. Innerlich bete ich, dass uns keiner entgegenkommt. Aber alles ist ruhig. Auf Zehenspitzen tipple ich hinter Wolf her, der zielstrebig eine der Türen anpeilt. Beim Öffnen erstreckt sich ein Badezimmer. Es gibt eine Dusche, ja, sogar eine Badewanne. Für ein heißes Bad würde ich alles tun.

Ich stehe seitlich zu ihm und drehe mich etwas weg, während er mit einer Hand seine Hosen runterzieht, in die Toilette zielt und das Plätschern mich daran erinnert, auch zu müssen.

»Warum zappelst du so rum?«, fragt er und schüttelt seinen Schwanz ab.

»Jetzt muss ich auch.«

»Tja. Dann mach!«, sagt er lässig, zwinkert mir dabei zu und ich bin wieder kurz davor, mich in seinen Augen zu verlieren.

»Dreh dich weg!«, entfährt es mir schnell, als ich versuche, die Decke so zu ziehen, dass ich nicht etwa drauf pinkle. Gar nicht so einfach, mit Schlüssel in der Hand. Und ich hoffe sehr, es fällt dem Son nicht auf, dass ich die Finger kaum benutze.

Aber er ist anständig. Seinen Kopf hat er zur Wand gedreht und ich glaube sogar, dass er die Augen geschlossen hat.

Er will sich mir wieder zuwenden, als ich aufstehe. »Warte. Ich bin noch nicht fertig!«

»Ich habe deinen Body schon ohne Klamotten gesehen. Warum schämst du dich jetzt?«

»Ist eben so bei Frauen.«

»Mag sein. Deshalb verstehe ich die Weiber nur selten.«

Ich brummle irgendetwas und versuche, mir die Decke wieder umzulegen, ohne etwa den Schlüssel fallen zu lassen.

Wir verlassen das Badezimmer und gehen zurück zu seinem Raum. »Du warst auch abhängig, oder?«

»Ja.«

»Wie hast du es geschafft, davon loszukommen? Hast du einen Entzug gemacht, oder was?«, frage ich interessiert. Wenn Wolf in seine Hosentasche greift, weiß er, dass der Schlüssel fehlt. Der Schlüssel zu meiner Freiheit ... wie auch immer.

»Entzug?« Wolf lacht und schüttelt den Kopf. »Rocco hat mich für einen Monat in den Keller gesperrt. Das war mein Entzug.«

»Und du hast nie wieder was genommen?«

»Nein.« Er zeigt auf die Matratze. »Lass uns schlafen!«

»Ja«, sage ich leise und weiß, gleich muss ich mich von ihm verabschieden.

Auf dem Weg zur Toilette hatte ich mich immer wieder umgedreht. Die Tür, die ins Freie führt, habe ich genau erkannt. Bleibt abzuwarten, ob die offen ist und ... ob sie keine Geräusche macht.

Ich will es spielen, als ich mich dicht an ihn kuschle und ihm einen Kuss auf die Schulter hauche, aber es ist nicht mal gespielt. Und als er dann meinen Kuss erwidert und mir einen auf die Stirn drückt, würde ich am liebsten die ganze Sache mit der Flucht vergessen. Was dann passieren würde, weiß ich nicht. Dieser Rocco ist nicht unbedingt ein Typ, mit dem ich gerne aneinandergeraten will.

Zugegeben, was ich bei meiner ganzen Aktion nicht bedacht habe, war schlicht, dass Vater natürlich denkt, die Sons of Silence stecken dahinter. Ice, um genau zu sein. Hoffentlich geschieht ihm nichts ...

Lächelnd nehme ich nach nur kurzer Zeit wahr, dass Wolf längst schläft. Meine Faust, in der ich den Schlüssel verwahre, öffnet sich langsam und lautlos.

So leise es mir möglich ist, führe ich den Schlüssel in das kleine Schloss der Schelle, die um mein Handgelenk festgemacht ist.

Mit angehaltener Luft lausche ich, bis ich das Klick-Geräusch höre. Offen. Ich bin frei. Wie auch immer.

Ein verfickt schlechtes Gefühl breitet sich in meiner Kehle aus. Da finde ich einen Wolf, obwohl ich nicht mal auf der Suche nach ihm war, und muss ihn wieder hergeben. Der Nachtvogel hat verloren. So sieht es aus.

Einmal erlaube ich mir, über mein Handgelenk zu streichen. Das Metall hat Spuren hinterlassen.

Ich schäle mich aus der Überdecke, sehe sein Gesicht noch einmal an, ehe ich aufstehe. Kleidung habe ich nicht mehr und mir wird nichts anderes übrigbleiben, als seine Hose und sein Shirt überzuziehen. Nur Schuhe werde ich keine tragen können. Seine sind mir viel zu groß. Doch das ist das kleinste Problem. Wo soll ich hingehen? Ohne Rucksack? Ohne mein Hab und Gut? Ich habe keine Ahnung. Nur weg ... weil, wenn sie mich hier erwischen, tötet Mood den Wolf und das will ich unter keinen Umständen.

Inzwischen verfluche ich den Zufall. Das Schicksal? Oh, das auch.

Die Gürtelschnalle halte ich in der Hand fest, als ich mir die Hose von ihm überziehe. Leise zurre ich den Gürtel fest, damit mir die Jeans nicht von der Hüfte rutscht. Mehrfach werde ich sie später umschlagen müssen.

Als ich das Shirt und den Hoodie anhabe, drehe ich mich noch einmal zu ihm um. Nur verschwommen sehe ich ihn. Ich bin traurig. Hätten wir uns doch zu einer anderen Zeit kennengelernt. Er hätte der Eine werden können. Nun, mit dem Wissen wer wir beide sind, hat es keinen Zweck mehr.

Ich unterdrücke ein Gähnen, werfe ihm einen Luftkuss zu und öffne die Tür ganz leise. Auf Zehenspitzen laufe ich zur Haupttür. Auch die macht beim Öffnen kein Geräusch und ich kann nahezu lautlos auf den Innenhof gehen. Das Tor, das sich vor mir auftut, macht mir allerdings Sorgen.

Leise gehe ich darauf zu und erschrecke, als ich neben mir ein Geräusch vernehme.

Hektisch drehe ich den Kopf und erkenne einen Son. »Guten Morgen«, sagt er mit spanischem Akzent.

»Gut. Jetzt hast du mich«, entfährt es mir.

»Wieso?«

»Weil ich abhauen wollte.«

»Mach doch.«

»Du lässt mich laufen?«

»Ich habe dich ja nicht eingesperrt, oder?«, fragt er.

»Nein. Du nicht. Aber dein Pres!«

»Ich habe keinen Pres.«

»Aber du bist ein Son!«

»Nein.«

»Sondern?«

»Ich ... bin nur Roccos Bruder.«

»Ihr seid Brüder?«

»Ja.«

»Aha.«

»Willst du jetzt gehen?«

»Ja.«

»Moment, ich mach dir das Tor auf.«

»Wow. Danke!«

Der lässt mich echt laufen ...

»Hast du keine Schuhe an?«

»Ich ... Nein.«

Kapitel 12

Wolf

Eiskaltes Wasser lässt mich erschrocken nach Luft schnappen. Ruckartig setze ich mich auf.

»Du verdammter Wichser!«, schreit Rocco.

»Was?«, frage ich hechelnd und schaue sofort zu meiner Linken. Die Kleine ist weg. Die Handschelle baumelt nur noch um mein Handgelenk. »Fuck!«

»Fuck? Ist das alles, was dir einfällt?«

»Wir ... Wir wollten nur etwas schlafen und ...«

»Schön ausruhen nach dem Fick, oder wie?«

Sie hat mich übers Ohr gehauen ... innerlich muss ich fast darüber grinsen. Alec hat mir oft verklickert, dass seine Schwester schlau ist. Jetzt habe ich es am eigenen Leib erfahren. Aber all das tritt in den Hintergrund, weil ich diese eine verfickte Ader bei Rocco bemerke. Sie ist auf dem rasierten Stück seines Kopfes, über dem Ohr ... und was soll ich sagen? Sie schwillt an. Für jeden heißt das: ›Verpiss dich besser‹.

»Was machen wir jetzt?«, frage ich.

»Halts Maul!«, schreit mein Pres und geht im Zimmer auf und ab. Egal, was wir machen. Sie ist weg und ich ... Scheiße Mann. Keine Ahnung.

Ich setze mich auf und sehe immer wieder auf die leere Schelle, die noch mit meinem Handgelenk verbunden ist. Warum hat sie das getan?

Chili kommt ins Zimmer. Der hat mir gerade noch gefehlt. Rocco sieht kurz auf, ehe er vor dem Fenster stehen bleibt und in die Dunkelheit starrt. Lange wird es nicht mehr dauern, ehe die Sonne aufgeht.

»Was ist los?«, fragt der Beaner und sieht mich dabei an.

»Sie ist abgehauen. Sieht man doch.«

»War sie denn eine Gefangene?«

Rocco dreht sich um und kommt ein Stück auf Chili zu. »Sie ist die Tochter von Mood!«

»Ja. Ich weiß«, kommt es sofort über Chilis Lippen.
»Du weißt es? Woher?«, frage ich sogleich.
Der Mexikaner lacht. »Schau ihr in die Augen und du weißt, wer ihr Vater ist.«
Sofort stehe ich auf. »Wusstest du das auch in der Bar?«
»Klar.«
»Warum hast du Pisser nichts gesagt?«, schreie ich und kann nicht verstehen, warum Rocco so ruhig bleibt. Er sieht ihn einfach nur an.
»Warum sollte ich das sagen?«
Kein einziges verficktes Wort bringe ich mehr hervor.
»Hast du sie gesehen?«, fragt Rocco monoton.
»Ja. Eben.« Der Pres breitet die Hände aus und fordert den Mexikaner damit auf, weiterzusprechen. Ich habe mich wieder auf die Kante vom Bett gesetzt, obwohl ich klitschnass bin. »Sie wollte raus hier. Ich habe der Kleinen Schuhe von Violet gegeben und das Tor geöffnet.«
»Warum, Bruder?«
Chili tut einen Schritt auf Rocco zu. »Du hättest den Jungen sehen müssen. Der hat gekämpft, um sie von den Wichsern zu befreien. Der hat gegen drei Mann, ohne mit der Wimper zu zucken, gekämpft. Es wäre

sehr schade, wenn Wolf Mood zum Opfer fällt!«

»Ich musste den Arschlöchern auf die Fresse hauen, weil du Flachpfeife mir nicht geholfen hast!«

Keiner der beiden sieht mich an. Keiner beachtet mich. Sie stehen sich nur gegenüber und starren sich an. Es sieht aus, als würden sie in ihren verfickten Gedanken eine Unterhaltung führen.

Kopfschüttelnd stehe ich auf, trete auf Rocco zu und halte ihm meinen Arm entgegen. Nickend lässt er endlich vom Beaner ab und öffnet die Handschelle um mein Gelenk. Sofort ziehe ich mir das nasse Oberteil aus und tausche es gegen ein trockenes. Beim Blick auf den Boden sehe ich, dass auch mein Hoodie fehlt. Wenigstens hat sie dann noch etwas von mir.

»Soll Mood doch seine Tochter wiederbekommen. Soll er sie doch einsperren, wenn er es für richtig hält. Aber dafür einen von uns zu opfern?«, höre ich Chili sagen.

»Das ist nicht das Problem! Die verfickten Undergrounds wissen längst, dass Wolf bei uns ist.«

»Woher willst du das wissen?«

»Ich spüre es. Ich ... weiß es einfach«, flüstert Rocco.

»Was sagt Ice dazu?«

»Der ist auf dem Weg hierher.«

»Vater kommt?«, entfährt es mir.
Rocco wirft mir nur einen wütenden Blick zu, ehe er sich wieder Chili zuwendet. »Ruf Greed an. Er soll alle zusammentrommeln. In einer Stunde will ich jeden verfickten Son hier sehen!« Dann verlässt er mein Zimmer.
»Großartig, du Pisser!«
»Du kannst mir später danken, Welpe!«, sagt er und auch Chili geht.
Die aufsteigende Wut in mir, sprengt alles. Immer wieder sehe ich sie, wie sie auf meinem Bett lag, wie sie mich mit ihren Vogelaugen angeschaut hat, wie wir ... Meine Faust landet mit Wucht auf dem Holz der Tür und wenigstens der Schmerz betäubt kurz die Wut.
Ich muss etwas unternehmen. Im Alleingang. Ohne den MC da reinzuziehen. Es lag auf der Hand, dass Mood mich irgendwann finden würde. Dieser verfickte Underground. Dieses Arschloch, mit dem Alec und ich so oft angeln waren, der uns gezeigt hat, wie man ein Floß baut ... und der ein guter Freund meines Vaters war ... bis zum verhängnisvollen Tag.
Damals hatten Alec und ich es nur ausprobieren wollen. Mood hatte eine Heroin-Lieferung bekommen. Es war ein Leichtes, sich davon etwas zu nehmen. Ich glaube, es ist anfangs nicht mal aufgefallen. Der

Rausch war der Hammer gewesen. Bis heute Nacht war ich noch im Glauben, dieses Gefühl könnte nichts toppen. Bis heute Nacht … Der Fick mit der Kleinen, der hat es überragt und ich verteufle mich dafür. ›Meine Schwester ist für dich tabu‹, hatte Alec mir immer gesagt. Damals glaubte ich, sie sei hässlich. Warum hat er sie mir nie vorgestellt? Jetzt weiß ich warum. Sie ist unglaublich!
MilkyWay. Ich muss etwas unternehmen.

Aus dem Schrank hole ich mir eine neue Jeans, ziehe sie über und verlasse mein Zimmer. Nur aus dem Büro vom Pres scheint Licht und ich höre Stimmen. Insgeheim hoffe ich, Violet ist bei ihm. Wenn das so ist, ist er nicht so ein Arschloch. Die kleine Old Lady hat ihn gut im Griff. Und wir alle wissen es.

Ich lehne mich gegen die Wand direkt neben dem Raum. Chili ist bei Rocco. Wer auch sonst? Wirklich was verstehen, kann ich nicht. Muss ich auch nicht, denn offensichtlich hat einer der beiden gemerkt, dass ich neben der Tür stehe.

»Komm rein, Wolf.«

Nickend betrete ich das Büro. »Tut mir leid, Pres. Hätte ich gewusst, dass die Kleine Indi ist, hätte ich nichts unternommen. Kann ich nicht mehr rückgängig machen.« Am meisten fucked es mich ab, dass der

Beaner grinst. Der ist mir wirklich unheimlich, wobei Violet immer wieder betont, er sei absolut korrekt. Wirklich glauben, kann ich es nicht. Der hat irgendein Geheimnis. Ich bin mir sicher.

»Ist jetzt eben so. Die Frage ist, was machen wir jetzt? Chili sagte, sie ist vor zwei Stunden gegangen.«

»Vielleicht sollte sich deine Wut auf den Bohnenfresser richten!«, entfährt es mir, weil ich einfach nicht nachvollziehen kann, warum Rocco ihm gegenüber immer noch freundlich ist. Schließlich hat doch Chili die Kleine aus unserem Clubterritorium spazieren lassen.

»Nimm deine Schnauze nicht so voll, Welpe. Wie ich dir eben schon sagte, irgendwann wirst du mir noch dafür danken.«

Rocco steht auf, greift nach etwas, das neben ihm auf dem Boden steht und hält mit einem Mal ihren Rucksack in die Höhe.

»Hast du ... etwas gefunden, das Aufschluss gibt?« Nickend greift er hinein und zieht den Wolf aus Holz hervor.

»Was ist das?«

Ich gehe auf ihn zu und halte die Hand auf. Sofort legt er die Figur in meine Innenfläche. Lächelnd betrachte ich den Wolf. Ich erinnere mich daran, dass Dad mal etwas geschnitzt hat und mir sagte, es sei ein Geschenk. Ich wusste nur nicht, für wen es sein sollte. Eingehend betrachte ich die Schnitzerei. »Ice hat ihn für Night... Indi gemacht. Es war ein Mitbringsel.«

»Hmm.«

»Was ist noch im Rucksack?«

»Nicht viel. Ein wenig Kohle und Klamotten. Kein Ausweis.«

»Ich frage mich, warum sie ihr Zuhause überhaupt verlassen hat«, bemerkt Chili.

»Weil der verfickte Underground sie wie einen ... einen Vogel im Käfig gehalten hat. Und als sein Sohn ums Leben gekommen ist, wurde für sie jeder Tag zur Hölle. Die Kleine stand ständig unter Beobachtung. Konnte keinen Schritt mehr allein machen. Anzunehmen, dass sie die Schnauze vom Käfig voll hatte.«

»Welches Weib hat sie auf die Welt geworfen?«, fragt der Mexikaner.

»Die ist bei ihrer Geburt gestorben«, erkläre ich, stecke den Wolf in meine Tasche, ohne, dass es der Bohnenfresser oder Rocco merkt, und wende mich zur Tür.

»Du bleibst heute hier! Wir werden die Gegend absuchen.«

»Wonach?«

»Nach der Kleinen!«

Lachend schüttele ich den Kopf. »Ihr werdet sie nicht finden.«

»Wie kommst du darauf?«

»Weil die sie haben!«, entfährt es mir bitter.

»Selbst wenn es so ist, interessiert mich das einen Scheiß. Ich habe Ice versprochen, dich im Auge zu behalten. Alles andere ist egal«, sagt mein Pres. Was er sagt, ist Gesetz. Also verschwende ich nicht meine Energie, ihn davon zu überzeugen, sie mit suchen zu wollen, wenn auch gleich wir sie nicht mehr finden.

Kapitel 13

Nightbird

Es war ein kurzes Gefühl, etwas gutgemacht zu haben. Etwas getan zu haben, entgegen dem, was mein Herz mir geraten hat. Nämlich bei ihm zu bleiben. Das Gefühl verfolgt zu werden, seitdem ich meinem Zuhause den Rücken gekehrt habe, ist allgegenwärtig. Und das war es von Beginn an. Im Nachhinein muss ich über mich selbst lachen. Ich habe ernsthaft geglaubt, meinem Vater zu entkommen. Lächerlich. Keiner entkommt Mood. Vor allem aber nicht sein ›Vögelchen‹. Schon immer stand ich im Fokus und wurde von ihm überwacht. Alec sagte mir mal, es läge daran, dass unsere Mutter bei meiner Geburt gestorben ist. Ich bin das Letzte, was ihn noch an sie erinnert. Deshalb behandelt er mich wie seinen Augapfel. Er hat Angst, ich könnte ebenso verschwinden. So wie Mom. So wie Alec.

Bis zum Nachmittag haben mich die beiden Undergrounds verfolgt. Die Arschlöcher haben sich zeitgelassen, mich zu fangen. Irgendeine Taktik steckt dahinter. Und ich werde nervös, weil ich nicht weiß, um welche es sich handelt.

Ich sitze auf einem Bett. Ein schönes Bett. In einem guten Hotel. Dad lässt sich nicht lumpen, wenn es um sein Vögelchen geht. Timber und Bass, zwei der Mitarbeiter meines Vaters, sind ebenfalls da und lassen mich nicht aus den Augen. Mitarbeiter ist lustig. Das Wort beschreibt nicht mal annähernd, was sie in Wahrheit für meinen Vater sind. Sie sind die Schlächter. Der eine tötet, der andere beseitigt. Ich weiß es schon lange. Und Dad denkt, ich würde wirklich glauben, die beiden würden einfache Tätigkeiten verrichten, wie Bäume fällen und dergleichen. Sie sind welche, die für die Drecksarbeit zuständig sind und trotzdem glaube ich, Wolf zu töten, lässt sich Mood einfach nicht nehmen. Auge um Auge, Zahn um Zahn. So will es der Kodex der Undergrounds haben. Seit Jahrhunderten soll es schon so sein.

Die Vereinigung der Undergrounds ist wahnsinnig alt. Niemand weiß genau, wie alt. Aber Schriften belegen, dass es weit bis ins vorletzte Jahrhundert reicht. Alec war der Nachfolger von Mood. Einer Frau ist es nicht gestattet, diese ... diese Vereinigung zu führen. Als ich ein Kind war, habe ich darum gebettelt. Ich wollte unbedingt irgendwann der Boss der Undergrounds in Kanada sein. Aber schnell wurde mir der Traum genommen und die Wahrheit brannte sich in meinen Kopf ein. Niemals würde ich ein Anführer sein. Ich bin nur ein Weib. Ein Weib, das am besten mit einem Underground verheiratet wird ... irgendwann. Und selbst bei der Geschichte mit einer Hochzeit, bin ich mir nicht sicher, ob Mood das überhaupt gestattet hätte. Vermutlich war seine Hoffnung, ich würde sein Leben lang bei ihm bleiben. Als Tochter. Als Vögelchen. Als eingesperrtes Federvieh in einem goldenen Käfig.

Aber ich habe andere Pläne und momentan weiß ich gar nicht, ob die jemals in Erfüllung gehen ...

»Ich möchte Kleidung haben!«

»Wo ist deine hin? Oder willst du mir erzählen, du hättest in deinem Rucksack nichts gehabt?«

»Der ... Der wurde mir gestohlen.«

»Ah. Und wo?« Timber hat die Arme vor der Brust verschränkt und steht breitbeinig genau vor mir, während Bass besorgt aus dem Fenster sieht. Vermutlich glaubt er, die Sons kommen und befreien mich. Sie wussten, dass ich da war. Aber zu zweit hatten die beiden Schlächter einfach keine Chance gegen die Sons gehabt. Die hätten denen den Arsch aufgerissen. Ich bin mir sicher.

»In der Bar.« Es sind nur blasse Bilder, die sich plötzlich beim Blick auf Timber in meine Gedanken schleichen. Zwei Männer, die mich begafft haben, sich dann aber entschieden haben, sich von zwei Weibern mit in die oberen Etagen nehmen zu lassen. Immer deutlicher sehe ich dieses Szenario vor Augen. Ich lege den Kopf schief und sehe Timber an. Seine fettigen langen schwarzen Haare ... seine wulstigen Finger. Sein dicker Bauch, der unter einem zu kurzen Shirt hervorblitzt. »Ihr wart gestern Abend im Coconut. Habe ich recht?« Nur aus dem Augenwinkel sehe ich Bass, der ruckartig den Kopf in meine Richtung dreht.

»Wie kommst du darauf?«

»Ich meine, ich habe euch gesehen.«

»Hast du dir nur eingebildet, Kleine.«

»Mmh. Egal. Ich werde Vater davon erzählen. Sicher interessiert ihn sehr, was ihr die ganze Zeit getrieben habt. Oder? Ich meine, irgendein Arschloch hat mir was in meine Coke gemixt. Die fetten sabbernden Säcke hätten mich gefickt und ich hätte mich nicht wehren können.«
Die beiden Männer werfen sich verheißungsvolle Blicke zu und ich erfreue mich daran, weil sie ganz bestimmt Angst haben. Jeder hat Angst vor Mood. Selbst ich kann den Respekt vor meinem Vater einfach nicht ablegen.
»Wir waren nicht da!«, sagt Bass laut.
»Und wo seid ihr gewesen?« Für den Moment fühlt es sich verdammt geil an, Oberwasser zu haben.
»Wir haben dich zuvor aus den Augen verloren.«
Ich lache laut auf. »Glaube ich euch nicht.«
»Dann lass es halt«, sagt Timber und starrt auf seine Armbanduhr.
»Wie lange noch?«, fragt Bass ihn.
»Vielleicht noch eine Stunde. Dann müsste er hier sein.«
»Und dann? Was habt ihr dann vor? Ich meine, ihr habt mich erwischt. Genauso gut könntet ihr mich zurück nach Kanada bringen!«

Timber und Bass lachen, was mein Oberwasser vollends zum Sinken bringt. »Mood hat in diesem Städtchen noch etwas zu erledigen!«, klärt mich Bass auf. Als ob ich nicht wüsste, was er vorhat.

»Und was?«

»Ich bin mir sicher, er wird es dir erzählen oder auch nicht. Muss der Boss wissen«, sagt Timber, noch ehe Bass zu Wort kommt.

Übertrieben schwinge ich mit einer lässigen Handbewegung meine Haare auf den Rücken und stehe auf. Die Hände habe ich in die Hüfte gestemmt. Für die Undergrounds sieht es aus, als wäre ich an Selbstbewusstsein nicht zu überbieten. Mir gibt es Halt. Inzwischen bekomme ich das Gefühl, dass meine Beine schlappmachen und ich jeden Augenblick ins Wanken gerate. »Ich will Klamotten und etwas zu Essen haben!«, sage ich zickig.

»Kleidung bekommst du, wenn Mood hier ist.«

»Wieso? Schafft ihr Wichser es nicht, einer Lady Klamotten zu besorgen?«

»Vorsicht, Vögelchen! Vergiss nicht, dass ich die Erlaubnis habe, dich übers Knie zu legen!«, kommt es sofort von Timber.

Grinsend gehe ich auf ihn zu. »Wir beide wissen, dass du dir nichts Sehnlicheres wünschst, nicht wahr? Du liebst es, Frauen zu verhauen. Ich kenne dein Geheimnis, Dom!«

»Einen Scheiß weißt du, Indi. Und jetzt pflanz dich endlich aufs Bett und warte gefälligst, bis Mood hier ist.«

Mit verschränkten Armen vor der Brust nehme ich wieder auf dem Boxspringbett Platz. Am meisten ärgert es mich, dass die beiden Arschlöcher mich von den Gedanken an Wolf ablenken. Also werde ich mich jetzt einfach hinlegen, die Augen schließen und an ihn denken. Alles würde ich tun, um ihn zu retten. Sogar das, von ihm fortgegangen zu sein, obwohl ich bei ihm bleiben wollte.

Kapitel 14

Wolf

Immer wieder schüttele ich den Kopf. Es kommt mir vor, wie der schlechteste Streifen, der jemals gedreht wurde. Sie und ich in den Hauptrollen. Selbst das Brennen meines Arschlochs kann mich nicht von den Gedanken an sie abhalten.

Ich spüle ab und ziehe mir die Hose hoch. Noch immer kann ich den Nachtvogel riechen. Ob ich mich schlecht fühle? Deshalb, weil sie die Schwester von Alec ist? Nein. Ich fühle mich nicht beschissen deswegen. Alec ist weg. Und er kommt nicht wieder. Vielleicht wäre es ihm sogar recht, dass ich sie getroffen habe. Ein verfickter Zufall war das. Wirklich verfickt!

Stöhnend verlasse ich die Toilette und schaffe es kaum noch, normal zu laufen. Der scheiß Bohnenfresser ist schuld an diesem Brennen. Mein Arsch fühlt sich an, als würden mir Flammen aus dem Loch schlagen. Nicht genug der schlechten Vibes, kommt mir der Mexikaner entgegen.

»Na Welpe? Brennt dir der Arsch?«, fragt er. Er hat Glück, dass ich in einer beschissenen Verfassung bin, sonst hätte er längst meine Faust in seiner Fresse.

»Geh mir nicht auf die Eier, Beaner!«, entgegne ich und steure die Küche an. Chili folgt mir natürlich.

Violet steht am Herd und versucht sich an irgendeinem Gericht, von dem ich hoffe, dass es nicht zu scharf ausfällt. »Hi!«, sagt sie lächelnd, als sie uns sieht. Tacco und Greed sitzen am Tisch und spielen Karten. Sie beachten uns nicht, was vermutlich an Chili liegt. Keiner beachtet ihn ... nur die Old Lady von Rocco.

»Hat jemand von euch meine Sneaker gesehen? Sie sind unauffindbar«, sagt sie und rührt in einem Topf. Kopfschüttelnd schlendere ich zum Kühlschrank und suche nach Milch. Ich weiß, dass Violet gestern noch losgezogen ist und welche besorgt hat.

Als ich Anstalten mache und direkt aus der Tüte trinken will, reicht sie mir schnell einen Becher. »Bitte hier raus trinken!«, mahnt sie mich und zwinkert mir zu. Seitdem sie mit Rocco zusammen ist, laufen hier viele Dinge vollkommen anders.

»Ich habe deine Sneaker verschenkt!«, sagt mit einem Mal Chili.

Violet dreht sich zu ihm um. »Was? An wen?«

»An Indi. Sie hatte keine Schuhe an den Füßen. Und sie wollte weglaufen.«

»Ach, die Frau? Die, aus der Bar?«

»Ja.«

»Sie hat keine Schuhe besessen?«

»Doch. Aber ihre hat ihr Rocco weggenommen.«

»Ich spreche gleich mit ihm!« Alle grinsen. Wir wissen, dass sie ihn an den Eiern hat. Was sie sagt, ist für ihn Gesetz!

»Ich kaufe dir neue Sneaker. Deine Größe kenne ich ja.«

Ich sehe von Chili zu Violet hin und her. Selbst sie ist ihm nicht böse. Der Beaner kann einfach alles machen und keiner sagt etwas dazu.

»Wären es meine Schuhe gewesen, hätte ich dir die Eier langgezogen!«, sage ich und sehe den Bohnenfresser an.

»Dazu wärst du wohl kaum in der Lage, Welpe. Aber ich nehme an, wenn es deine gewesen wären, und ich hätte dir gesagt, dass ich sie Indi gegeben habe, würdest du sie mir nicht langziehen wollen, oder?«

Mit schmerzverzerrtem Gesicht setze ich mich auf einen der Stühle und nehme mir vor, Greed und Tacco beim Kartenspiel zuzusehen.

»Violet? Hast du einen Tampon und Salbe da?«, fragt Chili. Selbst Greed und Tacco schauen auf.

»Klar. Wofür?«, fragt Violet nicht mal verwundert.

»Für unseren Wolf! Damit er sein Arschloch ein wenig pflegen kann.«

»Halts Maul«, entfährt es mir sofort.

»Tut sehr weh?«, fragt Violet.

»Nein!«

Greed und Tacco lachen.

»Ich besorg dir gleich was, damit wird es sicher besser«, sagt sie mitfühlend und straft alle, die gelacht haben ... außer Chili. Gut. Der hat nur gegrinst.

Jeder von uns hört die Schritte vom Flur. Alle wissen, jetzt kommt Rocco. Einzig Violet hat diesen verliebten Blick drauf. Sie kämmt sich schnell die Haare mit den Fingern zurück und bindet sich einen Zopf tief im Nacken. »Siehst gut aus«, sage ich schnell.

»Danke Wolf«, haucht sie und stellt den Herd vorerst ab. Die Tür schwingt auf.

Rocco steht da, die Hände in die Hüfte gestemmt und nickt uns zu. Wir alle sehen ihn erwartungsvoll an.

»Schwingt eure Ärsche rüber!«, sagt er. Mehr nicht. Nur Violet bekommt ein kleines Lächeln von ihm. Als er das bemerkt, geht er auf sie zu und küsst sie. Ich verdrehe die Augen und höre das Geschmatze ihrer Zungen. Letzte Nacht haben Nightbirds und meine Zunge auch diese Töne von sich gegeben. Letzte Nacht ... Ich komme mir vor wie ein verliebter Teenager.

Eigentlich sollte ich mich freuen. Es war immer mein Wunsch gewesen, seitdem ich in Oklahoma bin, an den Versammlungen teilnehmen zu können. Jetzt ist es so weit. Aber auch nur, weil sich das Problem um mich dreht. Mich will Mood haben. Jetzt vermutlich ganz besonders, weil ich sein kleines Mädchen gefickt habe. Warum sie gegangen ist, kann ich nicht verstehen. Nightbird wäre hier am sichersten gewesen.

Vorsichtig erhebe ich mich, ignoriere das dämliche Grinsen in Chilis Fresse und verlasse die Küche. Die anderen folgen.

Vor der Tür, hinter der sich *der* Raum befindet, bleibe ich stehen. Es ist ein heiliger Ort, wenn man es genau nimmt. Hier wird alles entschieden. Hier wird über Leben und Tod entschieden. Und heute zähle ich zum inneren Kreis.

Blaze und Tom schlendern über den Hof. Beide tragen Sonnenbrillen, weil sie sich gestern von der Welt geschossen haben.

Sie ziehen die Haupttür auf und kommen auf mich zu. Vermutlich sind sie noch ahnungslos ... »Hast du gestern ne Braut aufgerissen?«, fragt Blaze.

Ich wedele mit der Hand. »Alter. Du stinkst!«

»Was ist jetzt? In der Werkstatt steht ne Pussy, der du gesagt hast, sie kann für einen der Clubs arbeiten.«

Als Blaze und Tom Rocco sehen, nehmen sie beide die Sonnenbrillen ab. »Alles klar?«, fragt der Pres genervt.

»Da ist ne Pussy, die Wolf gestern Abend aufgerissen hat. Sie will für uns arbeiten.«

»Wenn sie sich gut reiten lässt, kann sie morgen anfangen«, sagt Rocco. »Sonst noch was?«

»Nein Pres. Das war alles.«

»Dann verzieht euch!«, sagt er und öffnet die Tür zur ›heiligen Halle‹.

»Haben wir was verpasst?« Tom sieht mich aus gläsernen Augen fragend an.

»Wie man es nimmt«, entfährt es mir leise. Blaze und Tom gehen.

Greed und Tacco sitzen schon am Tisch. Die anderen müssten jeden Moment auftauchen. Auch ich will mich setzen, aber Rocco zeigt sofort auf einen Stuhl, der lediglich an der Wand steht. Also setze ich mich dahin. Ich kann froh sein, überhaupt bei dem Treffen dabei zu sein.

Durch das Fenster kann man auf den Innenhof sehen. Lazzy und Gazo sind im Anmarsch. Jeder wird jetzt gleich Bescheid darüber wissen, dass ich zufällig auf die Tochter des Mannes gestoßen bin, der mich töten will. Ein verfickter Zufall ...

Der Bohnenfresser darf mit am Tisch sitzen. Und der trägt nicht mal unsere Kutte! Ich verstehe Rocco nicht. Bruder hin oder her. Chili ist kein Son!

Weil der Stuhl, auf dem ich sitze, genau neben der Tür steht, kriege ich von jedem Wichser ne Kopfnuss. Genervt drehe ich den Kopf abermals zur Seite, sehe aber aus dem Augenwinkel einen Tampon. Violet kniet sich zu mir, die Arme hat sie auf meinen Oberschenkeln abgestützt. »Hier, Wolf. Tu etwas von der Salbe auf die Spitze des Tampons. Wirst merken, die Schmerzen lassen bald nach.«

Natürlich hat es jeder Wichser im Raum mitgekriegt. Violet mache ich keinen Vorwurf. Sie meint es gut. Sie meint alles gut und manchmal glaube ich, Rocco weiß das nicht mal richtig zu schätzen.

Der Pres beugt sich zu Chili. Der flüstert ihm jetzt ins Ohr, was mit meinem Arsch los ist. Und selbst Rocco grinst kurz.

Als Violet gegangen ist, beginnt Rocco sogleich. »Wir haben ein Problem. Unser Wolf hier hat eine Lady aufgerissen, die leider zufällig die Tochter von Mood ist.« Alle Blicke richten sich auf mich.

»Ich habe sie nicht aufgerissen, sondern ...«

»Halt die Schnauze!«, kommt es sofort vom Pres. »Ich mache es kurz. Mood ist auf dem Weg hierher oder er ist schon da. Ice ist ebenfalls auf dem Weg. Ich habe den Prospects gesagt, sie sollen ihn später vom Flughafen abholen.«

Oh Mann ... wenn Dad nicht auf seiner Harley reist, ist es verdammt ernst.

»Scheißzufall«, sagt Greed. Er ist als Vize gut. Er ist einer, der Rocco immer wieder runterholt, wenn der sich aufregt. Wobei man es nicht Aufregung nennen kann. Rocco flippt völlig aus, wenn etwas nicht so läuft, wie er es haben will. Gut, dass es Violet gibt. Auch sie schafft es, ihn zu besänftigen.

»Will jemand nen Drink?«, fragt Lazzy und steht auf. Einige Finger sieht man. Meinen auch.

»Für den Welpen nicht. Der trinkt Milch!«, sagt der Beaner. Während die anderen darüber lachen, habe ich nur noch einen vernichtenden Blick für ihn übrig.

Ich sehe den Sons zu, wie sie die Gläser erheben und anschließend trinken.

»Was machen wir also?«, fragt Gazo.

Rocco nickt, als wüsste er schon längst, wie der Plan ist. Vermutlich ist das auch so. Rocco überlässt nur selten etwas dem Zufall ...

»Wir werden die Undergrounds vom Club weglocken. Ich will hier keinen Ärger haben! Nach der Sache mit den Bandidos müssen wir etwas vorsichtiger sein.«

»Also raus aus Broken Arrow?«, fragt Greed.

»Ja. Außerhalb. Mit Ice ist das schon besprochen.«

»Und dann?«

»Versuchen wir, die Wogen zu glätten.«

»Ich glaube nicht, dass das bei Mood funktioniert. Der Wichser ist doch nur darauf aus, jemanden abzuschlachten.«

Um genau zu sein, mich ... Aber um mich sollte es nicht gehen. Der Nachtvogel ist wichtig.

»Ich würde versuchen, mit ihm zu reden. Diese Scheißsache von damals sollte endlich vergessen werden«, meint Greed. Rocco schüttelt sofort den Kopf.

»Vergisst er nicht. Es ist der beschissene Kodex der Undergrounds. Der gibt erst Ruhe, wenn Wolf tot ist.«

Das ist wieder einer der Momente, in denen ich mir einen Rausch wünsche. Manchmal verfluche ich Alec dafür, dass er gewonnen hat. Ich hätte gerne den goldenen Schuss bekommen. Mir hätte es auch eher zugestanden ... so sehe ich das zumindest.

»Und was ist mit der Kleinen?«, frage ich und schaue die Sons an.

»Ist doch scheißegal, was mit ihr ist. Wir versuchen, deinen Arsch zu retten. Deinen brennenden Arsch!« Wieder lachen alle über mich und ich bin kurz davor, aufzustehen und zu gehen.

Rocco richtet den Finger auf mich. »Nur weil du deinen Schwanz in ihre Möse gesteckt hast, ist das nicht gleich die große Liebe, Wolf. Vergiss sie. Sie ist die Falsche für dich! Nimm dir heute Abend ein paar Nutten mit auf dein Zimmer. Dann vergisst du sie vielleicht.«

»Du verstehst das nicht, Pres. Sie ... Sie ...« Ich weiß nicht mal, wie ich dieses Gefühl, das ich habe, seitdem sie fort ist, beschreiben soll. Davon ganz abgesehen, würde ich nur noch mehr zum Gespött der Sons werden.

»Oh glaube mir, ich verstehe das. Aber sie sollte dir egal sein. Dein Leben zählt und mein Versprechen Ice gegenüber, auf dich, kleinen Junkiearsch, aufzupassen.«

Junkiearsch ... lange habe ich diesen Spitznamen schon nicht mehr gehört.

Der Ton eines Telefons ist zu hören und für den Moment sind alle still. Rocco hält sich das Handy ans Ohr und sieht Greed dabei an, ehe er nur leicht den Kopf schüttelt.

Kapitel 15

nightbird

Kleinlaut sitze ich auf der Kante vom Bett, die Hände ineinander liegend und starre zu Boden. Ich lasse die Floskeln, die Mood zum Besten gibt, über mich ergehen. Ein Widerwort duldet Dad nicht. Nichts könnte ihn jetzt davon überzeugen, dass meine Flucht doch nur ein Hilfeschrei war ... und die Suche nach Wolf ... nach meinem Wolf.

Der Duft, der von seinem Pullover ausgeht, spendet mir etwas Trost. Ich weiß, dass es absolut bescheuert ist. Ich kenne Wolf nicht. Nur von einem Crash im Supermarkt. Nur von einer Nacht, in der meine Sinne benebelt waren. Und doch glaube ich, all die Erzählungen von Alec über ihn erst jetzt richtig deuten zu können.

Wir waren füreinander bestimmt. Die Tochter des Pres der Undergrounds und der Sohn des Pres der Sons of Silence. Ein Zufall ... nichts weiter.

Immer, wenn mein Vater die Arme vor der Brust verschränkt hat, sieht sein Körper noch bedrohlicher aus. Die Oberarme sind doppelt so dick und die vielen Tätowierungen jagen einem Angst ein. Sogar mir ... und ich kenne jedes verfickte Bild auf seiner Haut, weil es früher vor vielen vielen Jahren nichts Schöneres für mich gab, als mit Mood zu kuscheln und ihm zu lauschen, wenn er mir Märchen erzählt hat. Heute? Heute empfinde ich Hass für meinen Vater. Hass auf seine verschissene Fürsorge.

»... und wie siehst du denn aus? Schau dich an!« Timber und Bass stehen an der Fensterbank gelehnt und freuen sich vermutlich über die Standpauke, die er mir hält. »Sind das seine Klamotten?«

Erst jetzt sehe ich zu ihm auf. »Ja. Genau. Es sind seine!«

»Kannst du anbehalten. Er wird sie nicht mehr brauchen.« Er lässt mit einem Mal die Arme hängen und schlendert zu Bass. Obwohl mein Vater flüstert, verstehe ich jedes

Wort und ob das gut ist, weiß ich noch nicht. »Ruf Rocco an! Sie müssen ihn ausliefern! In einer Stunde bei *Fair Oaks*. Dort will ich die Übergabe haben. Der Arsch von Wolf gehört mir!«

»Gut. Ich denke allerdings, dass Ice ebenfalls kommen wird.«

»Ich habe lange genug auf eine Gelegenheit gewartet. Und jetzt haben wir ihn gefunden. Auge um Auge. Jeder verfickte Son weiß, dass das unser Kodex ist!«

Ich brauche nicht hinsehen. Ich weiß genau, dass Bass sofort sein Handy zückt und diesen Rocco jetzt anrufen wird. Verzweiflung schnürt mir die Kehle zu.

Ein tiefer Atemzug reicht und ich habe zumindest das Gefühl, sprechen zu können. Irgendetwas zu sagen, um Mood aufzuhalten.

»Vielleicht bin ich schwanger!« Besseres fällt mir nicht ein. Selbst den Wind, den Mood verursacht, weil er sofort herumwirbelt, spüre ich an meiner Kehrseite. Kurz darauf taucht er in meinem Sichtfeld auf.

»Was sagst du?«

Sitzend mache ich mich größer, damit es mir vielleicht Kraft verleiht. »Du hast verstanden, was ich gesagt habe. Es könnte sein, dass du vorhast, den Vater deines Enkels zu ermorden!«

»Was?«

»Ich habe ... habe mit ihm geschlafen!«
Es braucht viele Sekunden, bevor Mood reagiert. Nickend, jetzt die Hände in die Hüfte gestemmt, sieht er nach oben und schließt mit einem Mal die Augen. Eventuell – es wäre ein Traum – lässt er von seinem Vorhaben jetzt ab. Doch was er dann sagt, lässt sogar mir das Blut in den Adern gefrieren.

»Ich schneide ihm seinen verfickten Schwanz ab und stopfe ihn in sein Maul, damit er daran erstickt!«

Der Respekt, den ich immer vor meinem Vater hatte, wird überlagert von einer Wut, die mir fast selbst Angst macht. Ich springe auf, schubse Mood nach hinten und schreie einfach. Es war nicht mal geplant, was ich schreie. Es kommt mir einfach aus der Kehle raus. »Ich ... Ich habe mich verliebt! Wenn du mir das nimmst, Mood, wirst du mich nie wieder sehen! Hast du verstanden? Hast du mich verstanden, du ... du krankes Arsch...«

Die Wucht der Ohrfeige befördert mich zurück auf die Matratze und der Schock über den Schlag ins Gesicht stoppt sogar die Tränen.

Mit offenem Mund, eine Hand auf der Wange liegend, sehe ich meinen Vater an. Er hat den Zeigefinger auf mich gerichtet und ja, so wütend habe ich ihn bisher noch nie erlebt. »Hüte deine Zunge!«

Er gibt mir nicht mal die Möglichkeit, irgendwie darauf zu reagieren. Und mir zeigt es nur, dass es ihm egal ist. Auch ich bin ihm egal. Ihm geht es nur darum, die Kontrolle zu behalten. Sagen, braucht Mood nichts. Es reicht eine Geste und Timber packt mich und zieht mich vom Bett hoch. Ganz bestimmt hat es ihn unendlich gefreut, dass Vater mir eine Ohrfeige gegeben hat. Noch immer kribbelt meine Wange und gaukelt mir vor, anzuschwellen.

Ein Reflex lässt mich zum Bett schauen. Allerdings habe ich ja nichts bei mir, was ich vergessen könnte.

Mood geht vor, Timber und Bass folgen ihm. Ich versuche, ruckartig meinen Arm aus dem Griff von Timber zu befreien, doch es gelingt nicht mal ansatzweise. Selbst das Personal des Hotels scheint es nicht zu stören, was die Männer mit mir machen. Sie schauen nicht mal hin.

Ein kleiner Funken Hoffnung steckt noch in mir, dass Mood nur blufft und Wolf gar nicht gefunden hat. Sicher hat der Pres der Sons of Silence dafür gesorgt, dass er sich versteckt hält.

Vater hat einen Pick-up gemietet. Klar. Autos, in denen er mitfährt, müssen gigantisch sein. Das war schon immer so.

Er sitzt zusammen mit mir auf der Rückbank, während Timber den Wagen fährt und Bass auf dem Beifahrersitz ist. Die Scheiben, außer der Vorderen, sind so stark verdunkelt, dass ich nur schemenhaft erkennen kann, wohin wir fahren.

Seit der Ohrfeige habe ich kein Wort mehr mit Dad gesprochen. Aber ich muss es tun ... die Chance nutzen, ihn umzustimmen von was auch immer.

»Bringst du mich nach Hause?«, frage ich nach einer Weile, ohne ihn dabei anzusehen.

»Ja. Aber zuvor muss ich noch etwas erledigen!«

»Alec hat gewonnen, Dad! Er ... Er hat gewonnen. Verstehst du?« Ich sehe aus dem Augenwinkel, wie Vater den Kopf in meine Richtung dreht. Ihn ansehen, mag ich nicht. Das Reden tue ich nur für ihn ... für Wolf.

»Was redest du für einen Schwachsinn, Indi?«

»Sie haben durch ihre Sucht um den goldenen Schuss gekämpft. Und ... Und Alec hat gewonnen, Dad. Er hat gewonnen. Hätte Wolf den Kampf geführt, hätte er den Schuss bekommen.«

»Er hat dich geblendet, Kleines. Nur das. Er hat dir eine Story aufgetischt ... um dich ... um dich zu ficken. Mein kleines Mädchen ... von einem verfickten Son!«

Seine Wut darüber bekundet er, in dem er mit der Faust gegen die Innenverkleidung des Wagens boxt.

»Hey!«, schreie ich nach vorne und auch die Tränen laufen wieder. »Erzählt Mood doch von euren Ficks gestern Abend! Sagt ihm doch, dass ihr nicht auf mich aufgepasst habt und euch von irgendwelchen Pussys mit auf ein schäbiges Zimmer habt nehmen lassen!«

»Es reicht!«, brüllt Mood. »Hör auf, verfickte Geschichten zu erfinden!«

Entrüstet blicke ich zum Rückspiegel und sehe anhand der Augen von Timber, dass er grinst. Kopfschüttelnd blicke ich nach unten auf meine Finger, ziehe den Pullover von Wolf über meine Handflächen und weiß, nichts hat mehr Zweck. Nur eines wird immer präsenter in meinem Kopf: Entweder stirbt Wolf und andere Sons oder mein Vater.

Nahezu eine Stunde sind wir unterwegs, als der Wagen langsamer wird und wir fernab der Stadt sind.

Überall ist Geröll und totes Land um uns herum. Timber lenkt den Wagen an ein angrenzendes Waldstück. Dann verstummt das Geräusch des laufenden Motors.

»Wolf hat mich gestern Nacht gerettet. Einer hat mir was in meine Coke gemischt, sodass ich völlig wehrlos war«, flüstere ich.

»Drogen hat dir dieser Bastard also auch gegeben.«

»Nein Dad. Es ... Es war ein anderer«, schluchze ich. Früher hat mir Vater immer zugehört. Jetzt tut er es nicht. Er denkt, ich würde alles erfinden. Er denkt es, weil ich immer sein kleines naives Mädchen war. Aber damit ist jetzt Schluss.

»Pass auf. Ich will mal nicht so sein. Ich verspreche dir, dass ich zwei gezielte Schüsse abfeure. Wolf wird sofort tot sein und muss nicht leiden und glaube mir, ich würde ihn gerne leiden sehen.«

»Sie werden ihn nicht mitbringen. Du kennst den Pres der Sons hier in Oklahoma nicht.«

»Rocco? Oh doch, den kenne ich.«

»Woher?« Erst jetzt schaffe ich es, ihn anzusehen.

»Er war öfter bei Ice.«

»Mood! Ice und du, ihr wart Freunde!«

»Ja. Das waren wir. Bevor seine Brut mir meine genommen hat. Meinen Nachfolger!«

Ich lache, trotzdem immer weitere Tränen rollen. Aufhalten kann ich es nicht. »Alec wollte nie ein Underground werden. Nie!«

»Mir ist scheißegal, was ihr wollt! Was ich sage, ist Gesetz!«

»Für mich schon lange nicht mehr.«

»Ja, das habe ich gemerkt. Darüber reden wir noch, wenn wir wieder zu Hause sind.«

»Sie kommen, Boss!«, sagt mit einem Mal Bass und auch ich lausche. Motorengeräusche ertönen. Geräusche von Harleys. Früher habe ich es geliebt, sie zu hören, weil ich wusste, dass Ice uns besuchen kommt. Jetzt würde ich gerne darauf verzichten.

Kapitel 16

Wolf

Zu warten, bis sich meine Wut legt, brauche ich nicht. Sie wird nicht weniger. Im Gegenteil. Von Mal zu Mal steigert sie sich. Je länger ich über diese verfickte Sache nachdenke, desto mehr verliere ich die Kontrolle über mich.

War es anfangs nur ein auf und ab Laufen, so habe ich jetzt das Gefühl, gegen die Scheißwand schlagen zu müssen. Der Befehl von Rocco war eindeutig. ›Du bleibst hier!‹. Der Beaner ist mitgefahren. Sie alle sind mitgefahren, außer Gazo. Der hockt bei Violet, weil Rocco es so wollte. Es sind die Geister der Vergangenheit, die den Pres veranlassen, ständig einen zu beauftragen, auf seine Lady aufzupassen. Er scheißt sich in die Hose, weil er glaubt, irgendwann kommen die Bandidos und holen sich die Kleine. Meine Geister sind ihm scheißegal. Aber mir nicht.

Dieses ewige Versteckspiel habe ich satt! Wenn der verfickte Underground erst dann Ruhe gibt, wenn ich ins Gras beiße, dann ist es eben so. Lieber tot, als jeden Tag mit den Gedanken an Alec leben zu müssen. Nur zu existieren, solange mich der Kodex der Undergrounds nicht erwischt.

Es muss ein Ende haben. Und das am besten jetzt! Tja. Und was die Sache mit Nightbird betrifft ... Sie wäre die Eine gewesen. Und mein Freund wusste es. Deshalb hatte er mir seine Schwester nie vorgestellt. Einmal hatte ich sie gesehen. Im Vorbeilaufen, als wir bei ihm zu Hause waren. Und schon da habe ich ihr nachgesehen. Ihre Haare waren kürzer. Ihr Ausdruck im Gesicht noch kindlicher. ›Bums meine Schwester nicht an‹, hatte Alec betont. Lachend, aber es stand eine Dringlichkeit hinter seinen Worten. Heute weiß ich, warum das so war. Sie ist perfekt, obwohl ich sie nicht mal annähernd kenne. Sie ist die Eine für mich.

Ich sitze auf der Kante vom Bett, auf dem wir Sex hatten. Nur ich weiß – und ich hoffe, sie auch – dass es nicht nur Sex war. Es war etwas anderes und ich fühle mich wie ein räudiger Hund, der seiner Heißen hinterherhechelt.

In meiner Hand liegt der geschnitzte Wolf, den mein Vater für sie gemacht hat. Er sitzt und hat den Kopf im Nacken liegen. Er heult. Ich fühle mich wie diese Holzfigur. Auch ich will nach ihr rufen ... nach ihr heulen. Meine Faust schließt sich fest um das Tier. Ich muss etwas tun.

Energisch stehe ich auf und verlasse mein Zimmer. Der Weg führt mich zur Küche. Ich höre Violet lachen. Weiß sie überhaupt Bescheid? Nur selten erzählt ihr Rocco von unserem Tun. Er hält sie immer raus. Aus allem. Er glaubt, sie hätte für viele Dinge gar kein Verständnis. Obwohl auch sie die Tochter eines Rockers war.

Sie sieht auf, als ich die Küche betrete. Gazo nicht. Er schaut ernst auf die Tischplatte. Ganz sicher weiß er, was mich so belastet. Das ist die Verbundenheit, die ein Normalo niemals verstehen kann. Wir sind die Sons of Silence. Geht es einem schlecht, merkt es der andere sogleich.

»Wolf! Möchtest du einen Kaffee trinken? Ich habe eine tolle Kreation!«, sagt Violet und lächelt mich warmherzig an. Kopfschütteln ist meine Antwort. Ich setze mich zu Gazo, blicke erst noch aus dem Fenster, ehe ich mich an ihn wende. »Wo sind sie?«

»Ich kann dir das nicht sagen. Rocco will, dass du hierbleibst, Bro.«

»Ich scheiße auf das, was der Pres sagt, Gazo! Wo?«

Der Seargent at Arms sieht mich an. »Halt jetzt besser dein Maul, Wolf!«, warnt er mich. Zurecht tut er das. Das Wort des Präsidenten wird nicht angezweifelt.

»Liegt das an ihr?«, fragt Violet und ich sehe, dass sie mir einen Kaffee macht, obwohl ich keinen wollte.

»Ja«, flüstere ich.

»Das geht vorbei, Junge!«, sagt Gazo und tätschelt mir über den Kopf.

»Was meinst du?«

»Dass sich dein Schwanz nach einer bestimmten Pussy sehnt!«

»Du hast keine Ahnung, Gazo. Du hast einfach keine Ahnung!«

»Doch. Habe ich. Und glaube mir, die Zeit wird dich lehren, wie schnell du vergessen kannst. Du hast dir die Falsche ausgesucht. So sieht es aus!«

»In der Liebe gibt es kein falsch oder richtig«, murmelt Violet und rührt im Kaffee, ehe sie mir den bringt. »Hier! Ist ein Hauch Chili drin. Schmeckt gut!«, sagt sie und zwinkert mir zu.

»Du hast Chili in den Kaffee getan?«
»Ja. Der treibt den Puls etwas nach oben.«
»Wofür brauche ich das?«
Violet beugt sich vor und ich erkenne aus dem Augenwinkel, dass Gazo bereits dazu ansetzt, etwas zu sagen. »Für die Fahrt nach Fair Oaks!«
»Violet!«, schreit Gazo und springt auf.
Sie bleibt ruhig sitzen und obwohl ich mich direkt auf mein Bike schwingen will, warte ich noch ab.
»Wenn Wolf dahin möchte, weil er hofft, auf sie zu treffen, dann sollte man ihm das nicht verwehren.«
»Es war die Anweisung von Rocco!«
»Dich trifft keine Schuld, Gazo. Ich habe es ihm gesagt.«
Langsam erhebe ich mich und sehe Violet an. Sie lächelt und nickt mir zu. Ich kann nicht anders, als sie zu packen und ihr einen Kuss auf die Lippen zu drücken. »Danke, Violet!«, bringe ich hastig hervor, ehe ich die Küche verlasse. Gazo folgt mir nicht. Die Lady hat gesprochen. Alle sind von Violet fasziniert, weil sie es geschafft hat, Rocco zu zähmen. Ihr widerspricht man nicht. Keiner tut das.
Auf dem Innenhof sehe ich Oris, Blaze und Tom. »Wo fahrt ihr hin?«, frage ich, als sie den Jeep ansteuern.

»Deinen Dad abholen! Und wo willst du hin? Rocco hat gesagt, du sollst hierbleiben.«

Darauf gehe ich gar nicht mehr ein. Ich ziehe mir das Bandana hoch, schwinge mich auf meine Maschine, die aus Kanada extra eingeflogen wurde, und starte. Mehrfach drehe ich am Gashebel, schließe kurz die Augen und genieße die Kraft unter mir. Es ist jetzt Schluss mit dem Versteckspiel. Soll der verfickte Underground mich töten. Dann hat die Schuld ein Ende. Dann hat die Sehnsucht nach einer Frau, die ich kaum kenne, ein Ende.

Obwohl die Meilen so viele sind, dass ich über eine Stunde gebraucht hätte, bin ich schneller da. Von Weitem erkenne ich unsere Leute ... und einen Pick-up. Mood.

Suchend schaue ich mich um. Sie entdecke ich nicht. Ich fahre genau auf Rocco zu. Er steht da, vor Mood. Die anderen etwas entfernt, bereit, die Knarren zu ziehen. Nur der Beaner liegt auf seiner Harley und frisst eine Schote.

Der Motor meiner Maschine verstummt. Mit Ruhe kicke ich den Seitenständer raus, steige ab und hebe sogleich die Hände. Eine Waffe führe ich nicht mit. Die brauche ich nicht. Etwas verwundert bin ich über die Tatsache, dass der Pres der Undergrounds einzig mit einem Mann dasteht. Ich erkenne das Gesicht. Es war einer der beiden, der gestern Abend im Coconut mit einer Fotze nach oben gegangen ist. »Ich bin unbewaffnet!«, sage ich laut. Chili lacht im Hintergrund.

»Wenn er es nicht gleich tut, Wolf, bringe ich dich um! Du hast meinen Befehl verweigert! Wer hat dir gesagt, wo wir sind?«, höre ich Rocco sprechen.

»Deine Old Lady, Pres!«

»Violet«, zischt er zwischen zusammengebissenen Zähnen.

»Mut hast du, Kleiner. Hätte ich dir nicht zugetraut!«, sagt Mood und sieht mich mit schräggelegtem Kopf an. Er ist alt geworden. Sein Vollbart vollkommen ergraut. Und als ich ihm in die Augen sehe, erkenne ich mit einem Mal, dass der Nachtvogel ihm ähnlichsieht. Bewusst nehme ich das nicht wahr. Aber der Pick-up bewegt sich. Er wackelt ... Ist sie da drin?

»Bringen wir es hinter uns«, sage ich, die Hände habe ich hinter dem Kopf verschränkt. »Dann bin ich endlich diese Schuld los!« Ich bin fest entschlossen, auch wenn ich sie damit nicht retten kann. Aber der Nachtvogel ist stark genug, sich selbst zu retten. Und wenn sie nicht mehr wie in einem Käfig leben will, wird sie es schaffen, den Undergrounds zu entkommen. Ich bin mir sicher.

»Welche Schuld meinst du, Wolf? Die Schuld, meinen Jungen umgebracht oder meine Tochter beschmutzt zu haben?«

Lachend nicke ich. »Ich habe deine Tochter nicht beschmutzt, Mood. Das haben andere vorgehabt!« Mein Blick wandert zu dem Mann, den ich gestern Abend im Coconut gesehen habe. Er sieht zu Boden. Arschloch!

»Dann liefere mir Namen! Alle werde ich ficken!«

»Ja. Ich weiß. Wenn es um deine Kinder ging, warst du schon immer gnadenlos.«

Mood richtet den Finger auf mich. »Geh vor mir auf die Knie, Junge!«

Grinsend lasse ich mich zu Boden. »Mood! Wir können diese unschöne Geschichte anders klären!«, sagt Rocco, doch der Underground hat nur Augen für mich.

»Flüstere mir die Namen ins Ohr, Wolf. Wenn ich dich getötet habe, setze ich meine Reise fort.«

»Ich sage dir keine Namen. Du bist ein armer Mann, Mood. Deine Tochter, das Einzige, was dir geblieben ist, wendet sich von dir ab. Also ... du tust mir leid. Ganz ehrlich.«

»Den würde ich als Erstes ficken!«, höre ich Chili hinter mir sagen. Kurz darauf sehe ich ihn neben mir stehen. Er zeigt auf den Mann neben Mood.

»Ah ... der Bohnenfresser«, murmelt Mood. »Was treibt dich in diese Einöde?«

Chili lacht. »Ja. Ist wirklich langweilig hier.«

»Verpiss dich, Mexikaner.«

»Ich dachte, du wolltest Namen hören?«

»Von ihm wollte ich die hören!« Mood zeigt auf mich.

»Von nem Welpen?«

Ich beiße die Zähne zusammen.

»Welpe? Ein süßer Name für einen, der meinen Sohn getötet und meine Tochter gefickt hat!«

»Ja. Stimmt. Hast Recht. Der Name Welpe passt nicht zu ihm. Schließlich hat er deine Tochter gestern Abend davor bewahrt, von schätzungsweise zehn Männern gefickt zu werden.«

»Was willst du damit sagen?«

Rocco kommt ebenfalls zu uns. Die anderen bleiben im Hintergrund.

»Deine ... Aufpasser haben es versaut. Indi wurde etwas ins Glas gemischt und stand unter Drogen. Sie war völlig wehrlos und deine Männer haben sich am Fleisch anderer Weiber bedient. Also ich an deiner Stelle, würde vor dem Welpen auf die Knie fallen und ihm danken. Er hat sich mit drei Wichsern geprügelt, um Indi zu retten. Und das beste an der Geschichte ... Er wusste nicht mal, wen er da rettet.«

Mood schaut zu seiner Seite. Der Mann neben ihm schüttelt nur den Kopf. »Ist das wahr?«

»Boss ... Das war ein abgekartetes Spiel. Sie ... Die Fotzen wurden bestimmt darauf angesetzt, uns zu ...« Weiter kommt er nicht. Mood hat seine Knarre sofort gehoben und dem Arschloch in den Kopf geschossen. Eine unheimliche Stille folgt dem. »Das passiert, wenn jemand an meine Brut will. Hast du zugesehen, Wolf? Und du hast es gleich zweimal getan. Alec hast du ermordet und meine Tochter hast du gebumst. Du bist in einer verfickt schlechten Situation!«

»Mood! Alec war abhängig. Deinem Sohn konnte man nicht mehr helfen. Es war ein Spiel um den goldenen Schuss. Die kleinen Arschlöcher haben sich nichts dabei gedacht. Sie haben im Rausch gehandelt. Es hätte ebenso gut Ice Sohn treffen können. Es war ein Unfall. Verstehst du?«, sagt Rocco.

»Ice ... Der Pisser hat sich seitdem nicht einmal bei mir blicken lassen.«

»Was hättest du getan, wenn er dein Grund betreten hätte? Hmm? Ihn auch umgebracht, weil ihr von eurem Scheißkodex nicht ablassen könnt?«

»Er sollte mir seinen Sohn geben. Mehr wollte ich nicht. Damit wäre die Sache bereinigt gewesen.« Mood richtet die Waffe auf mich und drückt mir den Lauf gegen die Schläfe. Ich sehe zu ihm auf und grinse.
»Und was hast du dann davon?«
»Das Gefühl, meiner Rache nachgekommen zu sein.«
Entfernt hört man Motorengeräusche und ich hoffe nicht, dass jetzt das passiert, was ich denke. Das Flüstern von Rocco allerdings, bestätigt es. »Ice.«
»Habt ihr den Alten extra einfliegen lassen?«, fragt Mood, ohne die Knarre von meiner Schläfe zu nehmen.
»Genau wie du extra hergekommen bist. Vielleicht solltet ihr alten Wichser das unter euch regeln!«
»Ich habe mit Ice keinen Ärger. Ich will nur seinen Sohn töten. Mehr nicht.«
Und dann ertönt die Stimme meines Vaters ... dröhnt in meinem Kopf ... und lässt mich nicht mehr Grinsen.

Kapitel 17

Nightbird

Erschöpft sinke ich zurück in den Sitz. Bass bewegt sich nicht mehr. Es war kraftraubend, ihn mit dem Band des Hoodies von Wolf zu erwürgen. Hektisch öffne ich die Augen. Zeit, wieder Energie zu tanken, bleibt mir nicht. Erschrocken presse ich das Gesicht an die verdunkelte Scheibe. Nur vage kann ich etwas erkennen.

Ich lasse von der Seitenscheibe ab und durchsuche Bass, bis meine Finger den Griff einer Pistole ertasten. Langsam ziehe ich sie aus seinem Hosenbund, klettere über ihn und öffne die Seitentür, so leise ich kann. Noch können die Biker mich nicht sehen. Gebückt laufe ich um den Wagen herum und hebe die Waffe. Der Lauf zielt auf den Kopf meines Vaters. Rocco sieht mich erschrocken an und hebt gleich die Hände. Erst, als Mood seine Reaktion wahrnimmt, dreht er sich langsam um. Noch immer presst er die Knarre auf Wolfs Schläfe. Der schließt die Augen. Ich kann meine nicht schließen. Würde es aber gerne tun. Tränen behindern die Sicht. Ice erkenne ich und den Mann, der gestern Abend mit Wolf im Coconut war. »Ich liebe dich, Dad. Tue ich wirklich. Aber wenn du ... du Wolf abknallst, ich schwöre dir, töte ich dich!«

»Nightbird«, flüstert Wolf. Ein Lächeln huscht mir über die Lippen, ehe ich wieder ernst und entschlossen meinen Vater anschaue.

»Lass uns das klären, Mood. Die anderen haben nichts damit zu tun!«, sagt Ice. »Nimm die Waffe runter, Mädchen!«

Kopfschüttelnd richte ich die Pistole weiterhin auf den Kopf meines Vaters. Ich hätte gedacht, er würde sofort von Wolf ablassen. Doch offensichtlich scheißt er auf seinen eigenen Tod.

»Geh ins Auto, Indi!«, schreit Mood.

Ich habe meinen Wolf gefunden. Alte Geschichten erzählen davon, dass der Wolf und der Nachtvogel ein Leben lang zusammenbleiben. Können sie das nicht, so finden sie im Tod ihre Ruhe.

Ein Raunen ertönt, als ich mir den Lauf der Knarre langsam in den Mund schiebe.

»Ich bin es nicht wert, Nachtvogel. Lass das!«, flüstert Wolf, den ich nur noch verschleiert auf dem Boden knien sehe.

Wer ist es wert, wenn nicht er?

Mood presst die Lippen aufeinander. Man spürt förmlich, wie sich seine Finger um den Griff der Waffe spannen. Wieder folgt eine unheimliche Stille, bis Ice die mit seinen Worten zerschneidet. »Wollen wir beide wirklich unsere Kinder verlieren, Mood? Ist es das, was du willst? Ich bin nicht stolz auf meinen Jungen. Die Sache von damals war somit das beschissenste, was ich bisher erlebt habe und du weißt, ich habe verdammt viel Scheiße im Leben mitgemacht. Aber dich in Rache zu suhlen, weil du zwei Menschen verloren hast, ist der falsche Weg!« Ice kommt auf mich zu. Schritt für Schritt weiche ich zurück.

»Lass meine Tochter aus dem Spiel, Ice. Ich schwöre dir ... Ich bringe dich und deinen ganzen Chapter um, wenn du meiner Kleinen etwas tust!« Es ist das erste Mal, dass ich meinen Dad so höre. Er fleht und bettelt. Ich stoße gegen den Pick-Up und kann nicht ausweichen.

»Dad?«, schreit Wolf. Die anderen sind still. Dieser Mexikaner liegt wieder mit verschränkten Armen auf seiner Harley. Rocco schüttelt den Kopf.

Ice steht genau vor mir. Er ist eine imposante Erscheinung. Riesig türmt er sich vor mir auf. Seine Augen sind blau, wie die von Wolf. Aber nicht ganz so hell. Sein Gesicht ist gezeichnet von Narben. An seinem Hals schlängeln sich Tätowierungen empor.

Wenn er früher zu Besuch kam, habe ich mich immer so gefreut. Mal brachte er etwas Süßes mit, oder etwas zum Spielen, und beim letzten Mal, als ich ihn gesehen habe, hat er mir den Wolf aus Holz geschenkt.

Ice hebt seine Hand, umfasst meine, die den Griff der Waffe festhalten. »Dad! Bitte ...«, höre ich den Wolf sagen. Sekundenlang sehen Ice und ich uns an. Der Druck seiner Finger verstärkt sich. Millimeter für Millimeter zieht er den Lauf aus meinem Mund. »Eine Knarre ist nichts für ein so hübsches Mädchen, Indi. Das weißt du doch!«, flüstert er.

Ich schluchze auf, als er mir die Waffe aus der Hand nimmt und sinke zu Boden. Ice öffnet die Fahrertür des Pick-ups, erblickt Bass leblos auf dem Beifahrersitz und wirft die Knarre in den Fußraum. Die Tür schlägt zu. Ich kann nicht mehr erschrecken. Zu viel ist geschehen, was mich einfach erschöpft zurücklässt. Mein Blick ruht auf Wolf. Es ist wie eine stille Unterhaltung, die wir führen. Wir lachen. Wir sind ernst. Wir lernen uns kennen, obwohl wir beide uns so nahestehen. Ich sitze. Er kniet kaum fünf Meter von mir entfernt. Alle anderen sind still. Keiner sagt etwas. Rocco nickt. Der Mexikaner kaut auf einem roten Chili herum. Die anderen Biker haben die Hände in die Hüften gestemmt und starren nur zu Boden.

Mood hat die Waffe runtergenommen. Auch er sinkt zu Boden. Kniet da und hält sich eine Hand vor die Augen. Ich will zu ihm gehen. Will Dad trösten. Doch ich kann nicht. Mein Körper fühlt sich an, als wäre er gefangen in einer Schockstarre. Nur der Blick in Wolfs Gesicht, hält mich noch fest. Sonst würde ich gänzlich auf dem Boden liegen und mich vermutlich einrollen, weil es sich sicherer anfühlt.

Ice tätschelt mir kurz über den Kopf, bevor er sich von mir abwendet. Er geht zu Mood und hält ihm die Hand hin. »Steh auf, mein Freund. Du bist keiner, der kniet, Mood!«

Eine Geste, die ich als unendlich stark empfinde. Ganz bestimmt fällt es Ice nicht leicht. Ich höre die beiden Männer noch lachen. Die Gläser stießen zusammen und gaben diesen besonderen Ton. Sie haben getrunken. Stundenlang erzählt ... bis der Tag kam, an dem Alec nicht mehr wiedergekommen ist. Bis die Stunde hereinbrach, in der wir alle wussten ... Alec ist tot.

Rocco geht auf Wolf zu und haut ihm nicht gerade sanft auf den Hinterkopf. Nur langsam erhebt er sich und auch Mood ergreift die Hand von Ice und lässt sich von ihm hochziehen. Die beiden Präsidenten nicken sich zu, nehmen sich kurz in den Arm und klopfen sich auf die Schulter.

Wolf kommt gemächlich zu mir. Noch immer sieht man die Entschlossenheit in seinen Augen aufblitzen. Er hockt sich zu mir. Sieht mir mal ins linke, mal ins rechte Auge. Seine Hand schmiegt sich um meinen Kiefer. Der Daumen wischt die letzten Tränen fort. Er deutet auf seine andere Hand, die er mir hinhält. Ich schaue nach unten. Er öffnet die Faust. Darin liegt die Schnitzerei von Ice. Der Wolf, der den Kopf in den Nacken gelegt hat und heult. Lächelnd nehme ich die Figur an mich und betrachte sie.

Der Nachtvogel hat seinen Wolf gefunden. Die Geschichte ist erzählt. Wie sie endet? Gar nicht. Denn der Nachtvogel und der Wolf, haben sie sich erst gefunden, können ein Leben lang zusammenbleiben.

Vier Tage sind vergangen. Vier Tage, in denen ich mit Wolf im Bett liege und wir wieder und wieder übereinander herfallen. Alles hat sich gefügt ... damit der Nachtvogel und der Wolf zusammenbleiben können, so, wie es sich gehört. So, wie es die alten Geschichten erzählen.

»Wolf?«, flüstere ich zwischen zwei Küssen.

»Hm?«

»Wir sollten uns mal unterhalten.« Ich schließe die Augen und lege den Kopf weit in den Nacken, als er mit der Zungenspitze über meine Halsschlagader gleitet.

»Worüber willst du dich unterhalten?«

»Na so, dass wir uns kennenlernen«, gebe ich stöhnend von mir. Wieder poltert es gegen die Tür. Immer wieder versuchen uns die Sons, aus dem Bett zu locken. Nur diese Violet, die Old Lady von Rocco, lässt uns in Ruhe und stellt uns Essen vor die Tür.

»Verpisst euch!«, schreit Wolf. Grinsend ziehe ich seinen Kopf erneut zu meinem Hals. Draußen hört man einige lachen. »Wir kennen uns doch, MilkyWay.«

»Aber nur von Erzählungen. Nur von dem, was Alec uns übereinander gesagt hat.«

»Das reicht doch.«

»Findest du?«

Er packt mich und hebt mich auf seinen Schoß. Wieder dringt er in mich ein und ich kann gar nicht genug davon bekommen. Zuvor wusste ich nicht, was es heißt, wirklich glücklich zu sein. Erst jetzt ist es mir gegönnt. Alles ist perfekt. Mood akzeptiert uns zusammen, Ice ohnehin. Die Fehde zwischen dem Pres der Undergrounds und dem Pres der Sons of Silence, aus einem Chapter in Kanada, ist einfach verschwunden. Aber es war knapp. Und die Sekunden, in denen ich dachte, entweder meinen Vater erschießen zu müssen oder mich selbst, stecken mir noch immer in den Knochen. Von Tag zu Tag wird es besser. Und ja verdammt, irgendwann lerne ich den Wolf kennen. Momentan reicht mir das, was wir leben ... es reicht, sich zu lieben. Jeden Tag aufs Neue.

Noch lauter poltert es gegen die Tür. »Ich sagte, verpisst euch!«, schreit mein Wolf wieder.

»Heute Abend trinken wir einen, Welpe!«

Wolf lächelt mit einem Mal. »Chili«, flüstert er, ehe er zur Tür blickt. »Das tun wir, Bro. Das tun wir!«, ruft er. Dann habe ich ihn wieder für mich. Ein Leben lang ...

~~~

Leseempfehlung

Sons of Silence
Book Three
Kitty Black

Er will den Club und seine Frau! Sie möchte nur in Frieden leben!

Candy:

So lange ich denken kann, liebe ich Greed.
Meinen Mann, den VP von SOS.
Es ist ihm gelungen, mir ein halbwegs
normales Leben zu bieten.
Doch dann werden wir angegriffen! Nicht
der Club! Nein! Wir persönlich! Unser Heim!
Unser Zuhause! Unser Ruhepol!
Mir platzt der Kragen!
So will ich nicht leben!
Ich oder der Club? Was wird meinem Mann
wichtiger?

Greed:

Schon immer war Candy mein Mädchen.
Meine Old Lady! Meine Schwachstelle!
Jedes Wort von ihr war Gesetz, dabei bin
ich kein Weichei!
Ich bin knallhart, der Vize von SOS!
Als wir Ärger bekommen, stellt sie mir ein
Ultimatum!
Dass ich nicht lache! Schneller landet sie
im Club, als sie 'verpiss dich' sagen kann!
Blöderweise hört das dumme Weib nicht
auf mich und wird aufgegriffen.
Zuerst muss ich sie befreien und dann
Gnade ihr Gott!

Sons of Silence
Kitty Black

Sammelband 1 – 3

BIKER DARK ROMANCE

Es wird gefährlich, es wird heiß, es wird spannend!

https://amzn.to/3E2bFae

Marry Me, Daddy
My Daddy Series, Book One
Von Olivia J. Gray

Jung, ledig, unerfahren, sucht...

Nein, gelogen, ich suche gar nicht, aber tatsächlich werde ich fündig!

Ich kann es nicht ändern, aber der beste Freund meines Vaters hat es mir angetan!

Der Mann ist der Wahnsinn und all die Vorurteile, Warnungen anderer, meine eigenen Zukunftspläne, all das interessiert mich nicht die Bohne, als ich die Gelegenheit bekomme, mit ihm allein zu sein.

Ich bin jung, unerfahren, einsam und ich will ihn!

Ich werde ihn bekommen!

Link: https://amzn.to/3j5MaLy

My Cop Daddy
My Daddy Series, Book Two
Von Mary Sardarjan

Ist Geld alles?

Meine Familie glaubt das.

Wärme, Liebe, Emotionen?

Fehlanzeige!

Und dann fahre ich mit meinem Geburtstagsgeschenk ausgerechnet in SEIN Auto!

Wer er ist?

Eigentlich spielt es keine Rolle. Anscheinend schwimmt er auch im Geld.

Was wichtig ist?

Er spendet mir Trost, nimmt mich in den Arm, beschützt mich.

Wer er ist?

Ein Cop ...

Mein neuer Daddy!

Die Bände dieser Serie sind abgeschlossen und können unabhängig voneinander gelesen werden.

Link: https://amzn.to/3rbXgTC

Printed in Great Britain
by Amazon